天狗の恋初め

Riichi Takao
高尾理一

CHARADE BUNKO

Illustration

南月ゆう

CONTENTS

プロローグ

子作りは三日三晩かけて睦《むつ》み合う。

剛籟坊《ごうらいぼう》にそう告げられたとおり、子作りのために整えられた褥《しとね》で、雪宥《ゆきひろ》は剛籟坊と交わりつづけていた。

天狗《てんぐ》にとっての精液は、神通力のもととなる精気と同義である。

交合中は射精を控えて、体内で精気の濃度を高めていき、それが最高潮に達したときに雪宥の胎内で結合させて子の種とするらしい。

「あ、あぁ……っ」

雪宥は掠《かす》れた声で喘《あえ》いだ。

胡坐《あぐら》を掻《か》いた剛籟坊に向き合う形で跨《またが》り、ゆったりしたリズムで揺すられている。精気を練り上げるのが目的だから、どのような体位を取っても激しく動くことはない。

始めたときには雪宥にも元気があって、のんびりとした交わりに焦《じ》れ、自ら腰を振ってねだったりもしたけれど、三日目ともなるとさすがに疲れて剛籟坊のなすがままだ。

雪宥が飢《う》えてしまうので、剛籟坊は昨日、一度だけ雪宥のなかに射精してくれた。それがあまりにも気持ちよくて、一緒に射精したくて、雪宥は咽《むせ》び泣いた。

「雪宥、倒すぞ」

朦朧《もうろう》としている雪宥が反応しきれないでいるうちに、敷布に仰向けに倒された。なかに収めている肉棒の角度が変わり、入り口の浅いところを探るように擦《こす》られる。

「やっ、あ、そこ……だめ……っ」

びくびくと震えながら、雪宥は身体《からだ》をくねらせた。

快感に弱く、堪《こら》え性のない雪宥にとって、射精を禁じられるのは相当につらかった。自力では御しきれないので、陰茎の根元を組紐で縛ってもらい、強制的に止めている。

「ここはだめなのか。なら、こっちはどうだ?」

肉棒の括《くび》れたところで上側をくいっくいっと引っ掻かれると、もうたまらない。

「あっ、あっ! そこもっ、だめ、ああっ!」

雪宥は白い喉を曝《さら》し、力の入った踵《かかと》で敷布を蹴った。

柔らかく蕩《とろ》けた肉襞は熱を持ち、痺《しび》れたようになっているのに、剛籟坊の動きには敏感に反応してしまう。

雪宥の「だめ」は「もっと」の意味だと思っている剛籟坊は、そこを密に狙って擦り上げてきた。

絶頂が近づいてくるのを悟った雪宥が腰を浮かせて離れようとしても、剛籟坊に強引に引き戻される。

「んーっ、やだ……、あぁ……だめ、だめ、いっちゃうっ……！」

勢いをつけて、ずんと奥まで突き入れられた瞬間、瞼《まぶた》の裏が真っ白になった。

もう何度目かわからない、射精を伴わない絶頂である。

剛籟坊の精液を搾《しぼ》り取りたくて、肉襞がきゅうっと締まるが、逞《たくま》しい肉棒はその誘惑に屈しない。食いちぎらんばかりに締めつける媚肉を、やすやすと押し返す硬さが、雪宥を恍惚《こうこつ》とさせた。

しかし、余韻に浸る余裕はない。体内で精気を循環させて濃度を高めるのだ。

粗相《そそう》をして無駄に撒《ま》き散らさぬよう、慎重に丁寧に。やり方は剛籟坊が教えてくれた。

「はっ、ふぅ」

荒い呼吸と気の流れを整えた雪宥は、閉じていた瞼を押し上げた。

瞳に剛籟坊が映る。

不動山《ふどうさん》の主《あるじ》である大天狗。

雪宥の最愛の伴侶で、唯一無二の男だ。

伴侶の務めは子を産むことだが、務めなど関係なく、彼のややこが産みたかった。まだ早いと渋る剛籟坊を説き伏せ、ねだりにねだってやっと今日を迎えられたのだ。

赤みがかった金色をした二人の神通力は、燃え立つ炎のように眩《まぶ》しく光り輝いている。

「いい具合だ。そろそろだな」

雪宥の状態を見極めていたのだろう剛籟坊が、満足そうに言った。

「……！　ほ、本当？」

「ああ。次は出していいが、神通力は漏らさないように気をつけろ」

「うん、うん！」

あまりに嬉しくて、雪宥は二度頷《うなず》いた。

三日間、我慢を重ねて頑張った苦労が報われるのだ。

剛籟坊は雪宥の性器を縛《いまし》めている組紐を解き、強くもなく弱くもない絶妙な力加減で扱《しご》いた。久しぶりの直接的な愛撫《あいぶ》に、陰茎で得られる愉悦がどんなものかを思い出す。

上体を倒した剛籟坊が、雪宥を抱き締めた。ゆったりと腰が動き始める。雪宥もそれに合わせて腰を揺らした。

律動はどんどん激しくなり、早くも絶頂の波が押し寄せてくる。

もう言葉は必要なかった。

剛籟坊が雪宥の奥深いところに潜《もぐ》りこんで、精液を出す。雪宥も射精しながら、それを受け止めた。

大きな力の塊《かたまり》が腹部に宿ったのを感じた瞬間、雪宥は疲労と安堵《あんど》で気を失った。

1

ややこの産声が、不動山を震わせた。

比喩《ひゆ》ではなく、その声が地震を引き起こし、不動山全体がゆっさゆっさと揺れた。

震源地は主の居城、天狗館のなかに作られた雪宥専用の箱庭の屋敷である。箱庭は剛籟坊が張った結界で仕切られているのだが、結界をものともせずに揺らしている。

大天狗が伴侶に授けて産ませるややこは、神通力の塊といっても過言ではない。

覚悟していたとはいえ、雪宥は産声の強烈さと尋常ではない揺れ方にうろたえ、敷布団に仰臥《ぎょうが》していた身体を起こそうと片肘をついた。

「大丈夫だ、寝ていろ」

雪宥の胎内から神通力でややこを取りだしてくれた剛籟坊は、揺れなど感じていないかのように胡坐を掻いたままどっしりと構えている。

ほんの少し前まで、雪宥と一心同体だったややこは今、剛籟坊の腕のなかだ。

出産にはなんの痛みもなかった。剛籟坊に言われるがまま敷布団に仰向けに寝て、彼が操る神通力に包まれ、自分の一部が分かたれたと感じた瞬間に産声が響き、地震が起こったので、雪宥はまだ顔も見ていない。

「か、顔……顔を見せて」

雪宥は四つん這《ば》いになり、まず剛籟坊の膝に掻きついた。とてもじゃないが、立って歩ける揺れではない。

盤石なる剛籟坊の肩を支えにして、雪宥は赤ん坊を覗《のぞ》きこんだ。

「……あぁ」

吐息のような声が漏れた。

初めて目にする我が子の顔に見入ってしまう。

ややこは赤い顔をくしゃくしゃにして、この世に誕生したことを不動山のすべての生き物に高らかに宣言するように、力強く泣いている。

涙で濡れた長い睫毛《まつげ》や、あどけない口元、ぷくぷくした丸い頬《ほお》、小さな握りこぶしなど、すべてが可愛《かわい》らしい。

「元気のいい子だ……よすぎるくらいだが。よく頑張ったな」

労《いた》わり深い言葉と優しい声音に、雪宥の目の奥がツンと痛んだ。

不動山にも前例のない、初めての子籠《こご》もりに不安はあったけれど、剛籟坊がいつもそばにいて支えてくれた。

おぎゃあおぎゃあと節のある大音響に合わせて、ガタガタギシギシ揺れる部屋のなかで、二人は微笑み合った。

「剛籟坊のおかげだよ。ありがとう。俺にややこを授けてくれて」

「それは俺の言うことだ。お前が俺の子を産んでくれて嬉しい」

「俺のほうがもっと嬉しいよ。見て、ちゃんと翼がある」

ややこの背中に備わった黒い翼に、雪宥はなんとも言えない誇《ほこ》らしさを感じた。

もとは人間で、後天的に天狗へと転成した雪宥にはないもの、この子が生まれながらの天狗であるという証だ。天狗としてはまだまだ未熟な雪宥だが、天狗のややこを産むという偉業を成し遂げた達成感で満たされ、誰彼かまわず自慢したい気分だった。

「ああ。生まれたばかりにしては、羽が美しく生え揃っている。お前が毎日、そう願っていたからだろう。お前の神通力の干渉を強く受けているのがわかる」

「えっ、本当？　ほかには？　ほかに俺の干渉とか影響を受けてる部分ってある？」

「いや、今のところは翼くらいだ」

「……よかった」

雪宥は胸を撫《な》で下ろした。

子の核となるものを神通力で作りだし、雪宥の腹に宿したのは剛籟坊だが、核から成長させるためには、その後も神通力を注ぎつづけなければならない。

孕《はら》んでいる間、二人は毎日交わって精を与え合い、増幅した神通力を惜しげもなくややこに注いで育《はぐく》んできた。

女性のように腹が膨らんできたら、さすがに複雑な気分になるかも、と思っていたが、雪宥の腹は産む直前でも真《ま》っ平《たいら》のままだった。

剛籟坊には最初から、剛籟坊に似せた子を作ってほしいと頼んである。外見はもちろん、強く優しく器用な子に育ってほしいからだ。

雪宥も天狗の端《はし》くれ、腹の子の母として、ややこの育成に影響を及ぼすことができるそうだが、神通力を操る才能に恵まれていない雪宥には、なにをどうすればいいのかよくわからなかった。

なので、とりあえず父親に似てほしいということと、立派な翼が生えますようにという願い以外はあまり考えず、望まないようした。

下手に干渉して、神通力がうまく蓄《たくわ》えられない、鍛《きた》えられない、使えないという雪宥自身の三重苦を受け継がせでもしてしまったら、後悔してもしきれない。

「そんなにいやか。この子に、お前に似たところがあるのは」

雪宥に似た子が欲しいと言い張り、二十年以上に亘《わた》る言い争いを繰り広げ、最終的には折れて雪宥の要求を呑《の》んでくれた剛籟坊が、苦笑交じりに言った。

「いやってわけじゃないよ。俺が不器用なのは剛籟坊もよく知ってるだろ。子どもには苦労させたくない。剛籟坊に似てれば、安心だから」

雪宥はややこの顔を飽きずに眺《なが》め、剛籟坊に似た部分を探した。

激しく揺れているせいか、小さすぎるせいか、顔をくしゃくしゃにして泣いているせいか、面影を見つけられない。

だが、この子はきっと剛籟坊そっくりに育つはずだ。

山を揺らすほどの大きな声で泣くのは、剛籟坊譲りの神通力の賜物《たまもの》である。まだ薄くしか生えていないふんわりとした頭髪は、雪宥の髪と似た色と質に見えるが、成長していけば剛籟坊と同じ黒髪になるに違いない。

「やっと会えた。お前に会うのが、どんなに待ち遠しかったか。——六花《りっか》」

剛籟坊と二人で決めたややこの名前を、雪宥はそっと囁《ささや》いた。

六花とは雪の異称である。雪宥にちなんだ名前にしたいと、剛籟坊が考えた。

花が入るし、男らしいとは言いがたい。誰に似るか、生まれてきて育つまでわからない人間とは違い、雪宥が産む子は剛籟坊の容姿と決まっているのである。

もっと容姿に合わせた逞しくて丈夫そうな雰囲気の名前にすべきではないかと思ったが、どちらに似せた子にするかで長年揉めてきた経緯もひっくるめて、今度は雪宥が引いた。

「六花、母が呼んでいるぞ」

剛籟坊が話しかけたそのとき、ややこがぴたりと泣きやんだ。同時に揺れも止まり、静けさが部屋を満たす。

「剛籟坊の言ったことがわかったのかな？　六花、おか、……お母さんだよ」

若干つまりながら、雪宥は呼びかけた。

天狗とその伴侶は夫婦も同然だ。女人禁制の天狗の世界でややこを産むのは伴侶の務め、男ではあるが、母の役割を担う。

理解してはいても、自《みずか》ら母と名乗ることに戸惑いと照れくささがあった。

二十歳まで人間として暮らすなかで培《つちか》ってきた常識と感性は、天狗に転成してもそうそう消え失せはしない。

しかし、実際に子を宿し、産み月まで己《おの》が腹で育てていると、母性も一緒に育っていたようで、六花の泣き濡れたあどけない顔を見れば、この子の母は自分だという強烈な自負が湧いてでてきて、雪宥は早々に開きなおった。

「俺と剛籟坊の子どもになってくれてありがとう。頼りないお母さんだけど、一生懸命頑張るからね、六花」

「あうー」

雪宥をじっと見つめていた六花は、嬉しそうに顔を綻《ほころ》ばせ、赤ん坊特有のぷくぷくした腕を上下に揺らした。

触れてほしがっているように見えたので、雪宥はゆっくりと手を伸ばし、我が子の小さな手を人差し指でちょいちょいと撫でた。

すると、六花が短い指を開き、人差し指の先をきゅっと摑《つか》んだ。

わしている。

「……っ」

咄嗟《とっさ》に叫びそうになったのを、雪宥は必死で堪えた。

悶絶《もんぜつ》するかと思うほど可愛かった。しかも、けっこうな強さで摑み、雪宥の腕ごと振りま

きゃっきゃっと声をあげる六花は、上機嫌だった。

「今泣いた烏《からす》がもう笑ったな」

「かっわいいなぁ。この手のちっちゃいこと。手首がお肉で埋もれてる……！　可愛くて可愛くてたまんないよ」

「ああ。本当に可愛い。一気に母の顔になったお前が」

はっとなって剛籟坊を見上げると、当然のように雪宥を愛《いと》しげな眼差しで見つめていた。

ややこが生まれても、雪宥至上主義に揺らぎはないらしい。

雪宥は照れ笑いを浮かべた。

剛籟坊だって、すっかりの父親の顔をしている。六花よりも、雪宥に気を取られているとはいえ、両腕に赤ん坊を抱いている姿からは父性が滲《にじ》みでていて、子育てに関する不安など吹き飛んでしまいそうだ。

「あーあー、うーっ」

母の視線が逸《そ》れたのが気に入らなかったのか、六花が雪宥の指を引っ張った。

人間の新生児の視力は明暗がわかる程度だというが、六花は天狗の子だから、すでに見えているのかもしれない。

親の気を引く素ぶりすら愛らしく、雪宥は甘い声で訊《たず》ねた。

「なに、どうしたの？」

「俺の息子は、母が大好きらしい。お前の抱っこをせがんでいる」

「抱っこ……！　俺もしたい。できるかな」

期待に湧きながら、剛籟坊にお伺《うかが》いを立ててみる。

我が子を抱っこするのに慎重になるのは、六花が持つ強大な神通力を、六花自身が制御できないからだ。

伝え聞いた話によると、生まれたばかりのややこが産声で館を壊してしまったり、どこかへ飛んでいって三年ほど戻ってこなかったりしたという。

産声による館の破壊は、六花も怪しかった。屋敷の柱はゴムのようにたわみ、天井も床も波打つ激震だった。

我が子に対面した感動で気づかなかったけれど、剛籟坊が神通力で倒壊を防いでくれていたのだろう。

雪宥ときたら、自分の神通力を使うことさえ思いつかず、六花が起こした地震になすすべもなく揺れていた。

このような不測の事態にも咄嗟に対応できるよう、二十九年も修行を積んできて、ややこを授けてもらえるくらいには上達したと自負していたが、まだまだ未熟だ。親として、もっとしっかりしなければならない。

今も、剛籟坊は無意識に発露される六花の力を抑えているらしく、強い神通力の流れを感じる。

六花の神通力は、剛籟坊に抱かれているせいか、剛籟坊と一体になっていて、区別がつかなかった。

「お前一人ではまだ無理だが、俺が力を貸せば大丈夫だろう。六花を抱くお前を、俺が六花ごと抱きとめておく。ここへ来い」

そう言って剛籟坊が示したのは、剛籟坊の懐《ふところ》だった。

六花を両手で持って腕を前に伸ばし、その間に雪宥が潜りこめる空間を作っている。

「わかった。……ちょっとだけ離すよ」

雪宥は六花に摑まれていた指を、そっと外した。

用意された空間に素早く潜りこみ、同じ向きで剛籟坊の膝に座って背中を預ける。六花は目の前だ。

場所を変えた雪宥を目で追い、四肢をばたつかせている。母に抱っこされたい。剛籟坊の解説がなくても、彼の要求は明らかだった。

こんなに可愛い子どもを、抱かずにいられようか。抱いた瞬間に吹き飛ばされることになってもかまわない。そう思えた。

「浮き上がろうとする力が強いが、お前は無理に押さえつけなくてもいい」

「それは六花の無意識の力なの？」

「そうだ。なぜ浮こうとするのかわからんが、ややこの習性かもしれんな。うっかり押さえ損ない、屋根を突き破って飛んでいったとしても、箱庭のなかだ。捜せば見つかる」

「うっかりって、あんまり怖いこと言わないでよ。……おいで、六花」

雪宥はおそるおそる、六花を腕に抱いた。

かつて人間だったころ、十歳違いで異父弟が生まれたので、赤ん坊に触れるのは初めてではない。かなり昔のことだが、どんなふうに抱けばいいのか、やり方は知っている。

しかし、雪宥の経験と知識は天狗の子には通用しなかった。

「え……っ」

思わず驚いたのは、重みを感じなかったからだ。

剛籟坊が言ったように、浮き上がろうとしているから、抱くというより捕《つか》まえていると言ったほうが的確である。

雪宥にかかる負荷は小さく、神通力を使わなくても腕の力だけで抱いていられた。雪宥と六花をまとめて両腕に囲っている剛籟坊の手助けのおかげだ。

素直に感謝し、雪宥は六花に顔を近づけ、丸いおでこに頰擦《ほおず》りをした。

柔らかくて、温かい。まだなにも身に着けていない六花の肌はすべすべしていて、輝くばかりに白かった。

そして、鼻をくすぐるアマツユリの甘い匂い。

「この子の匂い、剛籟坊と同じだ」

「お前と同じなんだ。もともとはお前の血筋が持つ力だからな」

「俺たち三人とも同じ匂いをさせて、誰が見ても、いや、嗅《か》いでもすぐに親子だってわかっちゃうね」

「ああ。とてもいいことだ」

背後から聞こえる剛籟坊の誇らしげな声に、雪宥は小さく笑った。

アマツユリは千年以上に亘って不動山の主の力を支えつづけた、特別な神力を宿す花で、雪宥はその花を育て、主の大天狗に捧げる使命を負った土岐《とき》一族の、最後の末裔《まつえい》だった。

五十年前にアマツユリは枯れてしまい、花の代わりに雪宥は剛籟坊の伴侶となった。

今では、剛籟坊が着物や襖《ふすま》の模様として写しだしたものでしか、アマツユリを見ることはできない。一度でいいから、この子に実物を見せてやりたかった。

記憶に残る、祖父が咲かせた真紅の美しい花を雪宥は懐かしく思いだし、親子三人に共通する香りを胸に深く吸いこんだ。

呼気が肌に当たってくすぐったいらしく、六花は鈴の音のように澄んだ笑い声を聞かせてくれた。

もぞもぞ動く小さな身体を抱き締める雪宥の腕に、ぱたぱたとなにかが当たる。

「あ、羽が動いてる。このまま抱いてていいのかな？」

「かまわない。翼をつぶさないようにだけ、注意すればいい」

肩甲骨《けんこうこつ》のあたりに生えた翼が動いていると、抱きにくい。しかも、六花はちっともじっとしておらず、浮き上がろうとする力も相変わらずなので、雪宥は一番収まりのいい抱き方を探して試行錯誤した。

幼い翼のつけ根には、大人の翼を持つ剛籟坊にはない、ふわふわした魅惑《みわく》の綿毛が生えていて、触れたらこの世のものとは思えない素敵な手触りがしそうだった。

成長した天狗たちは、翼を自由に消したり出現させたりしている。大きな翼をつねに背中に背負っていると邪魔になるからだと、剛籟坊は現実的なことを言っていた。

「翼を消したり出したりするのって、どのくらいからできる？」

「天狗それぞれだ」

「……」

短く答えた剛籟坊は、雪宥の無言の返事から、説明不足を自分で悟ったようで、急いでつけ足した。

「神通力の使い方を覚えるうちに、自《おの》ずとできるようになる」

「剛籟坊は何歳だった？」

「気に留めていなかったので定かではないが、たしか他山に修行に出る前にはやっていたから、五つ六つのころだろう」

「そんなに早く？」

「ああ。あっという間だ。六花がお前の手を煩《わずら》わせる時期はすぐに過ぎる」

「どんなに苦労してもいいから、長く一緒にいるほうがいいよ……」

忘れていいたい現実がよみがえってきて、雪宥はぼやいた。

天狗の子である六花は、人間とはかけ離れた天狗特有の成長をするという。

元来、天狗たちが山中に結界を張って棲《す》まう天狗界と人間の暮らす人間界は、時間の流れが著《いちじる》しく違う。

天狗界で七日を過ごせば、人間界では一年が経過しており、年の数え方も人間界を基準にしている。

ややこは天狗界で生まれ育つが、人間界にいるのと同じ年の取り方をし、年齢に合わせて肉体も大きくなるらしい。

たとえば、六花が八歳になるのに、ここでは二ヶ月ほどしかかからない。無邪気にはしゃぐ六花は、今も恐ろしいスピードで成長している。

「人間と同じ速度で育つなら、人間界でじっくり時間をかけて育てたいけど、あの産声じゃ無理だよね」

「ああ。結界で仕切られているからよかったものの、あの地震を人間界で引き起こせばどうなるか。なにをしでかすかわからん子どもを、人間界に放つことはできん」

自分たちの子どもがどのように育つか、雪宥が知ったのは一ヶ月ほど前だった。

成長が早いのは伴侶が産んだ子にかぎった話ではなく、ご神木の樹の股から産まれた天狗の子も含めてすべてに共通しており、いわば天狗の常識だから、剛籟坊はことさら説明せず、人間の常識が根底にある雪宥も、成長速度について確認するなんて考えたこともなかったので、その時点まで相違に気づかなかったのだ。

ふとした拍子に、子育てに関する二人の考えに隔《へだ》たりがあることに気づき、剛籟坊を問いつめて真実を知ったときの雪宥の驚愕《きょうがく》と衝撃は、筆舌に尽くしがたい。

雪宥だって、二十歳で天狗界に来て五ヶ月ほど過ごしただけなのに、実際は二十一年が過ぎ、四十一歳になっていると言われてびっくり仰天したものだが、不老の天狗たちは容姿が変わらず、天狗の子どもを一度も見たことがなかったので、時間の流れに差があると知っていながら、成長のことまで頭がまわっていなかった。

まさかの落とし穴であった。よもや、我が子が七日でひとつ年を取り、身体まで成長するとは。

しかし、天狗の子にとっては、それが普通なのだ。剛籟坊もそうだったというのだから、納得するしかない。

当の六花は雪宥と目が合うと、にこっと笑い、翼をぱたぱたさせた。なんの憂《うれ》いもない無《む》垢《く》なる微笑みに、胸がきゅんとなる。

「短い子育て期間を一秒たりとも無駄にしないようにしなきゃ」

「そうだな」

「今は小さくてまだよくわかんないけど、そのうちすごく恰好よくなるんだろうな。だって、六花はチビ剛籟坊だから。剛籟坊そっくりになるんだよ」

「……」

「一日一日剛籟坊に似てくるなんて、楽しみすぎる！　子ども時代の剛籟坊を見てみたいって思ってたから」

「……」

「俺、ややこは二人、剛籟坊に似た子と俺に似た子を産むって決めてるだろ？　天狗の子育ては俺が思ってたのとは全然違ってて、きっとこの先戸惑うことも多いと思う。そういう点を鑑《かん》みても、太郎坊は剛籟坊に似せた子にしてもらって正解だった」

雪宥が晴れやかに言いきり、振り返って剛籟坊の顔を見ようとしたとき、機嫌のよかった六花がぐずり始めた。

眉を寄せて、泣きそうでいて怒ってもいるような、微妙な表情になっている。不満があるのは間違いない。

「ど、どうしたんだろう。俺の抱っこに飽きたのかな？　泣かせてまた地震が起こったら、どうしよう」

「ややこは泣くものだ。泣き声で御山が揺れても、不満を抱くものはいない。元気のいい子だと喜んでくれるだろう」

「そうだといいけど。……六花、どうしたの？　なにかしてほしいことがある？」

質問に答えたのは剛籟坊だった。

「腹が減っているのではないか。お前の乳を求めているようだ」

「……！」

雪宥の身体に緊張が走った。

ついにこのときが来たのだ。雪宥はれっきとした男の肉体だが、ややこを産めるし、産んだ子を養うために乳を出す。

乳を欲しがるややこにスムーズに飲ませられるよう、六花を孕んだときから練習をしてきて、雪宥の準備はすっかり整っていた。

「ふぎゃあん、ふぎゃああ！」

六花が叫んだ。

半泣きの顔で、自分の欲しいものがそこにあるとわかっているかのように、雪宥の胸元に向かって手を突きだしている。

「ちょ、ちょっと待ってね……！　すぐにあげるから」

そう言ったものの、六花を抱いたまま、寝間着の襟をはだけるにはどうしたらいいのか、一瞬考えていると、剛籟坊が手伝ってくれた。

襟が肩まで大きく開かれ、胸元が露《あらわ》になる。母乳が出るようになったとはいえ、雪宥の胸は膨らんではいない。

六花の頭を手で支え、唇に乳頭を当ててやれば、六花は自分から吸いついた。

「……すごい、ちゃんと吸ってる」

感動のあまり、雪宥は呆《ほう》けたように呟《つぶや》いた。

六花は口をあむあむと動かし、可愛らしい音を立てて、初めての乳を飲んでいる。

精液が神通力のもととなるのと同じで、この乳も六花の神通力として変換され、蓄積されるという。

山を揺らすほどの産声をあげたことで神通力を多く使い、腹が減ったのか、平らな胸に顔を埋めこんで夢中で吸い上げる姿に、雪宥の母性が爆発しそうになった。

「母の乳を飲めるのは、伴侶が産んだややこだけだ。幸せそうな顔をしている」

「産んだ子に乳を飲ませてあげられるのも、伴侶だけだ。俺も幸せだよ」

六花の頭や頬を、飲む邪魔をしないように撫でながら、雪宥は言った。

樹の股から産まれる普通のややこ天狗には、母というものが存在しないため、親代わりの天狗たちが森の樹液や花の蜜をやって育てると聞いた。

今、天狗館でそわそわしながら待機している烏天狗《からすてんぐ》たちは、剛籟坊の許可さえ下りれば、我先にと寄ってたかって六花の面倒をみようとするだろう。

それが天狗たちの習性だし、子育てを助けてもらえるのはありがたい。なにしろ、雪宥と天狗たちの間には、いまだに埋めきれない感性の溝がある。

しかし、授乳のときだけは親子三人でいたいと雪宥は思う。幼い六花と触れ合える一日一日を、大事に過ごしたい。

「六花？　まだ足りないなら、今度はこっちにおいで」

片方の乳を吸い尽した六花が、もの足りなさそうにしているので、雪宥は六花の身体の向きを変え、反対側の乳首を差しだした。

口をアヒルみたいな形にし、早くも母の乳など吸い慣れたものだといわんばかりの堂々とした吸いつきぶりである。

雪宥は微笑んだ。自然と笑みが零れてしまって、止められない。

「さっき産まれたばかりで、こんなに飲むんだ。美味《おい》しいのかな？」

「美味《うま》かったぞ」

味見をしたことのある剛籟坊は、自信たっぷりに言った。

乳は子を孕めば勝手に出てくるものではなく、むしろ出にくいので、剛籟坊に協力してもらい、出せる身体にしてもらわなければならなかった。

子籠り中でも剛籟坊の精液を飲まなければ、雪宥は飢えて死に至り、腹の子にも充分な栄養、つまり神通力が与えられない。

生命力と性欲と食欲の壁が、天狗の世界ではないも同然だから、六花を産む前日まで剛籟坊と交わっていた。

そこに母乳を出す練習が加わって、剛籟坊は熱心に丁寧に、それはもう執拗《しつよう》に乳首を揉《も》んだり吸ったりして弄《いじ》りまわし、雪宥は激しい快感にのたうちまわった。ただの愛撫とどう違うのか、今思い出しても区別がつかない。

しかも、母乳は出産の一ヶ月前から出るようになっていたのに、剛籟坊は乳首弄りをやめようとせず、乳頭から滲む白い液体を毎日吸いつづけていた。

おかげで、吸われたときに乳が出ているという感覚が身体でわかるようになったので、よかったと言えばよかった。

「あ、吸うのが止まった。お腹いっぱいになった？　あれ、六花？」

揺すっても反応のない六花の唇から乳首を離し、そっと顔を覗きこんでみたら、六花は眠ってしまったようだった。

「……わぁ、寝てる！　寝顔も可愛いなぁ。産まれて、泣いて、笑って、おっぱい飲んで、飲みながら寝ちゃうんだ。可愛いなぁ」

雪宥はデレデレになり、六花のふわふわした髪に鼻先を埋めて甘い匂いを嗅いだ。可愛い以外の言葉が出てこないほど可愛かった。

眠っているときは神通力も発動しなくなるのか、雪宥の両腕には六花の体重がかかっている。我が子の重みを、雪宥はじっくりと嚙み締めた。

ほんの少し前まで、この子は雪宥の胎のなかにいたのだ。

「六花はしばらく起きないだろう。こちらに寝かせておくとしよう」

六花を抱き取った剛籟坊は、雪宥が膝から下りると、蒼赤《そうせき》があらかじめ準備していたやや小さな布団に寝かせた。

寝顔を堪能するために、いそいそと六花のそばに行こうとした雪宥を、剛籟坊が強引に抱き締めてきた。

「なに？　どうしたの？」

「六花が寝ている間に、やることがある。六花を抑えるのに、神通力を使いすぎた。お前の助けが必要だ」

「こ、こ、ここで？　六花がそこで寝てるのに？」

敷布団の上にゆっくりと倒されて、雪宥は呆然《ぼうぜん》と剛籟坊を見上げた。

雪宥の精を飲むしか剛籟坊が回復する方法はなく、雪宥はいついかなるときでも応じるようにしているが、寝ている子の横で求められるとは思わなかった。

「目の届かないところに寝かせて、目覚めたときにまた浮き上がったらどうする」

「途中で起きるかも。蒼赤たちに任せるとか」

「まだ駄目だ。俺でなければ、今の六花は抑えられない。起きてもかまわん。母は父のものだと、早めにわからせておくのもいい」

むしろ早すぎてわからないのでは、と思いつつ、雪宥は横目で六花を見た。

仰向けに寝て、顔だけは雪宥たちとは反対方向に向けているので、表情はわからない。耳を澄ませば、健やかな寝息が聞こえる。

剛籟坊がはだけたままの雪宥の胸元を、じっと見ていた。

六花に吸われ、唾液と乳汁で濡れているふたつの乳首を。

自分だけのものである雪宥の乳首を、息子といえども吸うのは妬《や》けると、剛籟坊は何度か言っていた。

今日、実際に六花に乳をやる雪宥を見て、嫉妬したのだろうか。長年吸いつづけてきたこの乳首を、息子に奪われたと感じたのだろうか。

雪宥はふとそう思い、そんなことを思った自分がなんだか恥ずかしくなってきて、手で胸を隠そうとしたが、それよりも早く、剛籟坊が片方の乳首にむしゃぶりついた。

電流が走ったのかと思うほどの刺激だった。

「あっ！　……んんっ」

大きな声で喘いでしまい、雪宥は慌《あわ》てて奥歯を噛んだ。両手で剛籟坊の頭を押しのけようとしたものの、のしかかっている男は揺らぎもしない。

「い、や……っ！　剛籟坊、だめ……！」

身体をくねらせて愉悦に耐える。もともと乳首は感じやすい部分ではあったが、今日の感じ方はひどい。

乳頭を舌先でくすぐられるだけで腰が跳ね上がり、根元から巻き取るみたいに吸い上げられると、陰茎が一気に硬くなった。

当たり前だが、六花に吸われているのとは全然違う。

剛籟坊のいやらしい舌の動き、強い吸引力、硬い歯の感触と甘噛みの絶妙な力加減。すべてが信じられないほど気持ちいい。

「さすがに、乳はもう出ないな。俺たちの息子は食いしん坊のようだ」

出ないと言いつつ執拗に乳首を吸い、剛籟坊は残念そうに言った。

「……はぁ、吸っちゃ、だめ。それは六花の、ものだから……ぁ」

「違う。六花には貸してやっているだけだ。俺に吸われるのと六花に吸われるのと、どちらが好きだ？」

「んぁっ！　く、くらべ、られな……っ、ああっ」

「今日はずいぶんと感じているな。ややこを産んで、身体が変わったか」

「やだぁ……っ、わかん……ない、んぅ、う……」

雪宥は腰を揺すって剛籟坊に擦りつけた。

乳首を愛撫されるだけで、陰茎はたちどころに勃起する。今すぐにでも射精しそうなくらい昂《たかぶ》っているのに、剛籟坊は素知らぬ顔で乳首に頬擦りをした。

「……っ！」

尖《とが》った乳首が頬でこりっと転がされ、雪宥は声もなく身悶えた。

性器の先から前触れが、とぷっと溢《あふ》れたのがわかる。感度が上がりすぎていて、自分でも怖い。

「ううっ……、だめ、だめ……！」

じっとしていられなくて、腰がうねうねと動いた。精液を出す大事なところなのだから、性器も可愛がってほしい。

しかし、剛籟坊は乳首をきゅっと摘《つま》み、無慈悲に命じた。

「まだいくな。我慢しろ」

「ひっ……ん！　いや、できない……から、先に飲んで、口でして……」

雪宥は掠れた声で、赤裸々におねだりをした。

「子作りに励んだときも、我慢できたろう？　つながって、奥までしこたま可愛がってやったときに出す、濃いのが飲みたい」

「そんなぁ……」

子作りのときとは、状況が変わっている。あのときの乳首と今の乳首は違うのだ。同じように考えてもらっては困る。

とはいえ、剛籟坊の神通力の回復は雪宥にかかっていて、力が足りなければ、六花を制御しきれないかもしれない。

濃い精液を出せるものなら、出してあげたい気持ちはもりもりある。

絶頂の誘惑にどれだけ抵抗できるかわからないが、できるところまでやってみて、どうしようもなくなったら、剛籟坊がなんとかしてくれるだろう。

六花が驚いて目を覚ますような嬌声《きょうせい》だけはあげずにすむようにと自分に言い聞かせ、雪宥は剛籟坊に身を任せた。

2

「なんとお可愛らしい。ああ、お可愛らしい……お可愛らしいですなぁ！」

六花を大事そうに腕に抱いて、烏天狗の蒼赤は満面の笑みを浮かべて言った。

烏頭の真ん丸の黒い目が、これ以上ないほどに細められている。ここまでだらしなく緩みきった烏天狗の顔を、雪宥は見たことがない。

「ぱっちりしたおめめも、お小さいお鼻も、アマツユリのように赤くてまあるいほっぺも、六花さまはすべてがお可愛らしい！」

「可愛いって言葉、蒼赤の嘴《くちばし》から百万回くらい聞いたよ」

あまりにも繰り返すので、雪宥が呆《あき》れてみせれば、蒼赤は顔を上げ、細めていた瞳をかっと見開いて雪宥を見た。

「聞き捨てなりませぬな。この蒼赤、五百万回は言ったつもりでございます」

「言いすぎだって！」

「千億、那由多《なゆた》繰り返そうとも、言いすぎなどということはございませぬぞ、雪宥さま！ご覧あれ、六花さまのこのお可愛らし、んぐっ」

言葉が不自然に途切れて変な声がしたと思ったら、蒼赤の嘴を六花が両手で掴んでいた。

「んばぁー、あー」

六花は機嫌よく、摑んだ嘴を揺すっている。

六花の力はけっこう強く、蒼赤の頭はぐきっと音がしそうなほど上下左右に振りまわされていたが、蒼赤はなすがままだった。

孫に骨抜きにされている舅《しゆうと》そのものである。

「む、んむ、ぐっ」

嘴を閉じられ、喉元で苦しげな声をあげながらも喜んでいるようだったので、雪宥は救援には向かわなかった。

剛籟坊の膝の上という特等席から、離れたくなかったのだ。

座り心地のいい座椅子と化している剛籟坊も、両腕をがっちりと雪宥の腰にまわしていて、ここから一歩も動くなと態度で示している。

蒼赤とても、未知数の力を持ったややこの子育てに協力するため、神通力を鍛えてきた。

六花のやんちゃが過ぎても、自力で対処できるだろう。

「よかったね、剛籟坊。やっと六花が落ち着いて」

「ああ」

起きている間中はずっと浮き上がろうとする六花が、重力に従うことを覚えたのは数時間前、誕生から四日目の今朝だった。

三日三晩、雪宥と剛籟坊は箱庭にこもり、二人きりで六花の世話に専念していた。

起きているときは剛籟坊が腕に抱き、ぐずりだせば雪宥が乳をやり、眠れば隣で睦み合って神通力を補完し合う。その繰り返しである。

睡眠時間もほとんど取らず、目を離さないようにしていたが、睦み合いに夢中になるとどうしても注意力が散漫になってしまう。寝ていた六花がいつの間にか起きていて、宙に浮いているのを発見してから慌てても、もう遅い。

六花は七回、屋敷の天井をぶち破った。

絶頂寸前であっても、行為を中断してすぐに追いかけてほしい雪宥と、あとで探せばいいとごねる剛籟坊の間で軽く喧嘩《けんか》になったりもしたが、六花は怪我《けが》をすることも行方不明になることもなく、順調に成長している。

もちろん、天井は見晴らしがよくなるたびに剛籟坊がなおした。

「まだ言葉はしゃべれないけど、こうして大きくなっていくんだね」

育児歴三日にして、雪宥は感慨《かんがい》深く呟いた。

人間の時間に換算すると、生後半年といったところだ。身長は二十センチほど伸び、体重も増え、翼もかなりしっかりしてきている。

昨日まで六花は好き勝手に飛びまわり、屋敷の屋根を造作もなく突き破っては、青空の下、剛籟坊に追いかけられてはしゃいでいた。

それが、夜の授乳後にこてんと眠りにつき、朝目覚めたときには、敷布団にくっついていられるようになっていた。

抱き上げれば、目覚めているのに身体の重みが腕にかかり、雪宥は初めて剛籟坊の手助けなしに、一人で六花を抱っこした。六花はときどき浮き上がろうとしたけれど、雪宥でも簡単に抑えられる程度の力だった。

少し様子を見て、この調子なら、烏天狗たちに会わせても大丈夫だろうと剛籟坊が判断し、まずは天狗館で待機していた蒼赤を箱庭に呼んだ。

六花は初めて目にする両親以外の天狗、しかも烏頭の烏天狗にも人見知りすることなく笑いかけ、蒼赤を一瞬でめろめろにした。

「あがっ、ほわわーっ」

蒼赤の間抜けな声が、部屋に響いた。

目を向ければ、嘴を閉めることに飽きた六花が、今度は上嘴と下嘴をそれぞれ両手で持って左右に開こうとしている。

嘴は構造上、上下にしか開かないから、蒼赤はぽっきり折れそうなほど首を真横に傾けていた。

さすがに六花を止めるべきかと思い、腰を浮かしかけたけれど、当の蒼赤から、止めないでくだされ、というオーラがびしばし出ていたので、静観することにした。

「もし嘴の根元が裂けたら、凜海坊《りんかいぼう》さまからいただいた傷薬を分けてあげるからね」

とりあえず、蒼赤に声をかけると、剛籟坊が感動したみたいに背後から雪宥を抱き締めてきた。

「お前は優しいな」

「蒼赤のほうが優しいと思うよ。嘴が裂けそうになっても、無抵抗で嬉しそうに六花の相手をしてるんだから」

蒼赤の嘴は限界まで開ききっており、曲がった首も相俟《あいま》って、見るからに痛そうだ。

聞越山《ききこしやま》の大天狗、凜海坊は、雪宥が天狗に転成したときの祝に、怪我をしてもたちどころに治してくれる秘蔵の傷薬をくれた。

打ち傷切り傷火傷《やけど》に至るまで、どんな怪我にも効く秘薬で、神通力を鍛える修行中、生傷が絶えなかった雪宥はお世話になりっぱなしだった。

「んごっ、む、くあっ、ご、ご心配には及びませぬ。ややこ天狗の扱いには少々、慣れておりますゆえ」

自分の翼を使って六花の気をうまく逸らしながら、その手を離させた蒼赤が、自由を取り戻した嘴をかくかくさせながら言った。

三百三歳の蒼赤は、御山のご神木である不動杉の樹の股生まれのややこ天狗を何人か、ほかの天狗たちと一緒に世話をして育てたことがあるらしい。

剛籟坊と雪宥の間にできたややこを抱くのは、蒼赤の長年の悲願だった。

「おお、ふむふむ、六花さまは蒼赤の翼がお気に召しましたかな？　今はお小さい六花さまの翼も、じきにこのようになりましょう」

部屋のなかで蒼赤が翼をばさばさと広げたので、抜けた羽根が舞い、そのうちの一本が雪宥の膝の上に落ちた。

剛籟坊がそれを拾い上げて手で包み、一瞬ののちにぱっと手のひらを開いたとき、羽根は黒い蝶に変化していた。

相変わらず、剛籟坊の神通力は素晴らしい。雪宥も修行を積んできたが、宙に浮いて少し飛ぶとか、火を熾《おこ》すとか、自分の身を守るための防御壁を作るくらいが精一杯だ。

黒蝶はひらひらと舞い上がって、六花の鼻先に止まった。

「くっ、カメラがあれば……！」

この一瞬を切り取って残せない悔しさに、雪宥は悶《もだ》えた。

天狗の世界に来てから、何万回同じことを考えたかしれない。感動の瞬間を写真に撮ってアルバムにまとめ、のちのちみんなで振り返って楽しみたいのに、天狗界にはそういうものがいっさいなかった。

人間界から持ちこんでも、時計や携帯電話、ラジオなど電池や電気で動くようなものは、天狗の結界を越えるとすべて機能が止まってしまう。

剛籟坊に愚痴《ぐち》ってみれば、『お前に関することなら、すべてこの頭のなかに入っていて、いつでも鮮明に思い出せる』と自慢げに返された。

そういう問題ではないのだが、剛籟坊の反応が微妙なのはいつものことなので、それ以上深く話を掘り下げはしなかった。

「六花さま、これは蝶々でございますぞ。剛籟坊さまが六花さまのために作ってくださった特別な蝶々です。綺麗《きれい》でございますなぁ」

素材が自分の抜けた羽根だからか、蒼赤は黒蝶を絶賛しつつ、六花に教えている。

父からの贈り物を喜んだ六花が、手を伸ばして蝶を触ろうとしたが、蝶はふわりと羽ばたいて、そのうち開け放ってあった障子から外へ出ていってしまった。

六花の目は蝶に釘づけだ。

雪宥は表情を凍らせて腰を浮かせた。いやな予感しかしない。

「ああーぅ！」

かけ声っぽいものをあげ、六花は蒼赤の腕からするりと抜けだし、庭先で舞っている蝶を追いかけて飛んだ。

「うおっ！　六花さま、お待ちくだされ！」

引き止め損ねた蒼赤が慌てて座敷を飛びだすのを見ながら、雪宥は叫んだ。

「剛籟坊、捕まえないと！」

「……いや、大丈夫だ」

交わりの最中でもなし、即座に追いかけてくれると信じていたのに、剛籟坊は立ち上がりもせず、雪宥が六花を捕まえに行こうとするのも阻止して、冷静に言った。

「でも、遠くへ飛んでいってしまったら……」

もしかすると、蒼赤では追いつけないかもしれない。

落ち着きをなくした雪宥を、剛籟坊は優しくなだめた。

「おそらく、蝶が見たくて近くへ行っただけだ。力の使い方を、六花はもうわかっている。蒼赤なら翼が折れても六花から離れまい。そう心配するな」

「……うん」

心底納得して安心したわけではないけれど、雪宥は剛籟坊に従い、座敷から庭先を見守ることにした。

すると、たしかに六花の様子は昨日までとは違っていた。

地面すれすれだったり、蒼赤の頭上を越えてくるくるまわったりしているが、気ままな蝶の飛び方を真似しているように見える。

剛籟坊の言ったとおり、六花は自分の力をコントロールできているのだろう。

なにをするか予測のできない赤ん坊だから、まだまだ油断は禁物である。しかし、天狗の子どもは本当に成長が速い。

雪宥は今朝、六花に乳をやったときのことを思い出した。

今までは、たとえるならば、穴の開いた湯呑みに注いでいたも同然で、飲んでも溜まるどころか、飲んだ先から撒き散らすばかりだったのが、穴がふさがって神通力として溜め、循環させられるようになっていた。

雪宥が滝の水を被り、座禅を組み、険しい山道を延々と歩き、何週間もかけてどうにかこうにか体得した神通力の循環を、本能的にやってのけたのだから驚いた。

剛籟坊は驚いていなかったので、それが普通なのかもしれない。

「おおー、蝶々の真似がお上手ですな。あまり高く飛んではなりませんぞ、六花さま」

子守の使命感に燃える蒼赤は、手を伸ばせばすぐに捕まえられる距離で、六花のまわりをつきにつきまくっている。

まだしゃべれない六花にあれこれ話しかけ、やがて、

「なんと、この蒼赤にも蝶々の真似をお望みか。剛籟坊さまと雪宥さまの前で、いささか恥ずかしくはございますが、致し方ありますまい」

などと一人芝居をしながら、ノリノリで蝶が舞う真似をし始めた。

いい年をした烏天狗が見せる蝶の真似は寒々しいものがあったが、機嫌よく遊ぶ六花を見て、雪宥は身体から力を抜いた。

六花は菱形の赤い布に四本の紐がついた、いわゆる金太郎の腹掛けを身に着けている。

背中に翼があるため、人間の赤ん坊が着るような着物の産着を着せられないから、必然的に腹掛けになってしまうのだが、おむつも必要としないので尻は丸出しだ。

翼の出し入れができるようになるまで、尻を丸出しにしたまま腹掛け一枚で過ごすのが当たり前なのか、もう少し大きくなったら股引《ももひき》みたいな下穿《したば》きを穿《は》かせてもいいものか、蒼赤に確認したほうがいいだろう。

蝶や蒼赤と庭で戯《たわむ》れていた六花は、二十分ほどで自分から室内に戻り、雪宥のもとへ飛んできた。

「お帰り、六花」

両腕を広げて抱きとめてやれば、六花は明るい声をあげて笑った。

「蝶々ごっこは楽しかった？　ひらひら舞って、すごく可愛かったよ。それに、ちゃんと俺のところに戻ってきてくれた。えらいぞ。六花はいい子だな」

まくれ上がった腹掛けの裾を引っ張ってなおし、額と額をくっつける。

初めての外遊びで腹が減ったらしく、六花は雪宥の乳を求め、満腹になるとすぐに寝入ってしまった。

「俺が運ぼう」

剛籟坊は神通力を使って六花を寝床に移動させた。動くのが面倒なのではなく、膝に乗せた雪宥を下ろしたくなかったと思われる。

雪宥が着物の襟を正したところで、蒼赤が座敷に上がってきた。気を使って授乳中は席を外してくれていたようだ。

「ねんねでございますか。あどけない寝顔のなんとお可愛らしいことか」

六花の顔を覗きこみながらも、寝た子を起こさないよう、蒼赤はひそひそと話し、雪宥も小声で言った。

「寝ても起きても飛んでも可愛いよ。泣きだしたときはヒヤヒヤするけど、泣きやんだときの顔も可愛くてさ」

「いやはや、耳のなかに入れても痛くないとは、このことでございますな！」

「……！」

雪宥は剛籟坊にも悟らせないよう、静かに凍りついた。

目のなかの間違いじゃないのか、と咄嗟に突っこみたくなったが、気軽な気持ちで話題にしたら、大変な事態を招くかもしれない。

耳になにかを入れる系統の行為には、用心深くなっている。

宴会等で酔っぱらったときに烏天狗たちがやる一発芸、耳栓のおもしろさが雪宥には一ミリたりとも理解できなかった。

天狗たちにとって、なぜ耳にどんぐりをつめるのが残酷極まりない行為になるのか、いまだに理由もわからない。

天狗独特の慣用句を心のメモに書き留めつつ、ここは華麗に聞き流すのが吉だろうと雪宥は判断した。

「あー、ええっと、六花はね、産まれたときよりだいぶしっかりしてるんだよ。重くなったし、髪も伸びてる」

「きっとすぐに歯も生え、あと三日もすれば、あんよもお上手になられるかと。楽しみが目白押しでございますな」

雪宥は思わず目を剝《む》いて、蒼赤を見た。

「……三日。あと三日で歩くのか」

そのくらいだとわかってもはいても、改めて口に出されると衝撃だった。昨日までの三日より明日からの三日のほうが、六花の変化はきっと大きい。

蒼赤は好々爺《こうこうや》のごとく頷いた。

「歩かれますとも。六花さまの神通力なら、水の上、火の上もお茶の子さいさいでございましょう。早く初めての水渡り火渡りを拝見した……」

「ちょっと待って！　いくらお茶の子さいさいでも、正式に修行を開始するまでは水の上、火の上は歩かせたくない。まだ小さいし、万が一があったら危ないじゃないか」

溺れたり火傷をしたりしたら大変だと、親として当然の心配をしたところ、剛籟坊がまた感動したらしく、雪宥を抱き締めた。

「御山のことを考えているのだな。お前は本当に優しく、素晴らしい俺の伴侶だ。たしかに六花がはしゃぐあまりに、水の上を歩けば大洪水を、火の上を歩けば山火事を引き起こすかもしれん。まだまだ子どもだからな」

「おお、そうなっては御山の一大事！　剛籟坊さま、雪宥さま、申し訳ございませぬ。早く拝見したいだなどと、私の思慮浅薄でございました」

畳に平伏して謝る蒼赤を、雪宥は無言で見下ろした。

気にするな、と鷹揚《おうよう》に許しつつ、雪宥のうなじに口づけ、耳朶《じだ》を唇で食《は》んでくる剛籟坊を押しのける気にもならない。

なにもかもが雪宥の思考とはかけ離れていて、そのことに剛籟坊と蒼赤が気づきもしないのが、溝の深さを思い知らせてくれる。

「……俺、ついていけるかなぁ。六花の成長の速さと、その内容の濃さに」

「ついていけなくても問題はない。天狗の子はいつの間にか大きくなっているものだ。なんとかなる」

自信ありげに言い放った剛籟坊とは裏腹に、うっかり能面のような顔になってしまった雪宥である。

黄泉路へもともに行こうと約束するほど深く愛し合い、もう長いこと一緒にいるのに、ことごとん会話が嚙み合わない。

お前の不安はもっともだが、二人で力を合わせて頑張ろうとか、お前が頼りなくても六花は俺が一人前の天狗に育ててやるから安心しろとか、そういう台詞は言えないものか。

——まぁ、言わないよな。剛籟坊だし。

雪宥は自問自答して納得した。

そんな気の利《き》いたことを言いだしたら、それはもはや剛籟坊ではなく、剛籟坊の皮を被った偽物だ。

剛籟坊は剛籟坊なりに雪宥を気遣い、安心させようとしてくれている。つい人間的な反応を求めてしまう雪宥のほうが、甘えすぎているのだろう。

「そうだね。六花は天狗の子で、剛籟坊に似てるんだから、きっと大丈夫だ。俺に似てたら心配も尽きないけど、その点は安心してる」

「……！」

六花の寝顔に目を向けていた雪宥は、蒼赤が半開きの嘴を震わせて絶句していることに気づかなかった。


不動山に来客があったのは、三週間後だった。

蓮生山《れんしょうざん》の高徳坊《こうとくぼう》と、聞越山の凜海坊である。

雪宥を孕ませたことも、ややこが誕生したことも、剛籟坊は他山の誰にも知らせていなかった。天狗たちは伴侶がややこを産むのを楽しみにしていて、やれ見せろ、祝いだ、宴会だと押しかけてきて大騒ぎになるからだ。

しかし、不動山全体を激震させた産声を、隠しとおすことはできなかったらしい。

千二百歳代、八百歳代と、大天狗のなかでは最年長と次点の二人が、招いてもいないのに押しかけてきた。

天狗館の大広間、雪花《せっか》の間に席を設けることにしたものの、突然だったので、用意をする烏天狗たちは大忙しである。

「気遣いは無用に。わたくしたちはただただ、ややこを一目見たいのです。不動山に産声ありと風の噂で聞き及び、剛籟坊からの便りをひたすらに首を長くして待っていましたが、待てどもまてども届かない。しんぼうたまらず押しかけたわたくしたちを、どうか責めてくださいますな」

悠然と円座に腰を下ろした高徳坊は、蓮《はす》の花のように美しい顔と声で言った。

目がつぶれそうなほど眩しい笑顔に誤魔化《ごまか》されてしまいそうだが、つまりは、お前たちがいつまでも報せを寄越さないからだと開きなおっている。

「おいどんは伴侶が産んだややこば見るのは初めてよ、そりゃあ心待ちにしとったわい。酒はええから、はよう連れてきんしゃい」

凜海坊も逞しい腕を胸の前で組み、ふんぞり返っていた。

何事にも動じないはずの大天狗たちが、見るからに浮足立っているのを、雪宥は意外な思いで見ていた。

初お披露目《ひろめ》になるため、六花は蒼赤によって別室で身支度を整えられている。

三歳になった六花は、可愛い盛りだ。

一歳までは泣いたり怒ったりという感情が強く出ると、神通力を無意識に使って御山を揺らすことがあったが、成長とともに制御できるようになり、十日前に箱庭の屋敷から天狗館に居を移した。

合図するまで別室で待機させるように指示したのは、剛籟坊である。

六花に会わせたら最後、興奮してなにを言っても聞かないだろうから、その前に言いたいことを言っておく段取りらしく、剛籟坊はきびきびと話し始めた。

「高徳坊どの、凜海坊どの、誕生の報せを遅らせたのは意味あってのことだ。天狗の子の成長は早い。親子水入らずで過ごせる少ない時間を、雪宥から奪いたくなかった。誰にも邪魔されたくなかったのだ。息子が育ちゆく一分一秒を見逃したくないという雪宥の気持ちを、俺は尊重したい。今もそう思っている」

せっかく親子水入らずで過ごしているのに、よくも邪魔しに来やがったな、一分でも一秒でも早く帰れ、という意味だ。

歯に衣着《きぬき》せぬ物言いが剛籟坊の持ち味だが、年長の二人の大天狗へ敬意を払っているのか、幾分丁寧な言いまわしをしている。

「感心しましたよ、剛籟坊。伴侶への思いやりを忘れぬその優しさ、わたくしの心にも沁《し》み入るようです」

高徳坊はしなやかな手で、そっと胸元を押さえた。

ほら、こんなにも深く沁み入っていますよ、と言わんばかりの仕種《しぐさ》でありながら、他人事みたいな口ぶりに聞こえるのは気のせいだろうか。

雪宥がちらっと剛籟坊を窺《うかが》うと、眉根にくっきりと皺《しわ》を寄せていた。雪宥と同じことを思ったようだ。

「俺のことなどどうでもいいのだ、高徳坊どの。俺たちが我が子を手元に置いておける時間は短い。お二人もご存じのように、天狗の子は八つかそこらで他山に修行に出る。もともと人間だった雪宥にとって、十にも満たぬ子を手放すのは耐えがたい悲しみだ。だからこそ、ともにいられる時間を無駄にせず、大事にしたい」

「わかりますとも。そなたたちは親子であり、家族なのですから」

「わかっていただけてなにより。では、息子にお会いになっても、こっそり連れて帰ろうとしたり、子守りがしたいと言いだしたり、一晩泊めてくれなどとは、決して言われぬようお願いしたい。夕刻にはお帰りを。よろしいな」

剛籟坊が一気にたたみかけると、高徳坊と凜海坊は顔を見合わせた。

「むぅ。三日ほど戻らんから留守を頼むっちゅうて、聞越山を出てきたんじゃが、夕には帰れと追いだされるとは、どうしたもんか」

「わたくしも三晩は泊めてもらえるものと……。困りましたね。どうでしょう。ここは優しい雪宥の慈悲に縋《すが》り、せめて一夜の宿をお願いしてみるというのは」

「おお！　高徳坊どん、それは名案じゃ」

わざとらしい小芝居をして、大天狗たちはターゲットを雪宥に絞《しぼ》った。

どうしても一晩は泊まりたいらしい。険しい顔で反論しようとする剛籟坊を、雪宥はやんわりと止めた。

「待って、剛籟坊。せっかくいらしてくださったんだし、今日は泊まっていただこうよ。俺なら大丈夫だから」

二人の大天狗を力づくで追い返すのは、いかな剛籟坊でも骨が折れるだろう。それに、この様子だと、大天狗たちは六花のいい遊び相手になってくれるかもしれない。

雪宥は六花を愛している。成長が速いばかりか、八歳前後で山を出て修行に出るのが一般的だと聞いたときは、卒倒しそうになった。

要するに、子育て期間は二ヶ月にも満たないのだ。剛籟坊が言ってくれたように、親子で過ごせる短い時間を大切にしたい。

だが、八歳の旅立ちが避けられないのなら、今のうちから他山の天狗と接する機会を作ってやったほうが、六花のためになるのではないか。

雪宥の思いを汲《く》み取ってくれたのか、剛籟坊がふっと息を吐いた。

「お前がよければ、俺もそれでいい」

人間の性が抜けず、天狗らしからぬ考えをしても、ありのままの雪宥を受け止めて尊重してくれる、懐の深い笑みがそこにある。

「ありがとう。いつも俺の気持ちを一番に考えてくれて」

「当たり前のことだ」

「……！」

雪宥は奥歯を噛み、両手で固く拳を握った。

剛籟坊への愛しさが溢れて、胸がつまりそうだった。高徳坊と凜海坊がいなかったら、剛籟坊に飛びついてぎゅうぎゅうしがみついているところだ。

剛籟坊も雪宥を抱き締めたそうにしている。

「やったど、高徳坊どん。これで一安心じゃ！」

「ええ、雪宥ならきっとそう言ってくれると信じていましたよ」

「ややこはどこね？　そげん見つめ合うとらんで、ややこを呼んでくれんかの。そのあとなら、十年でも二十年でも見つめ合えばよか」

雪宥は無言で目を逸らした。冷静に指摘されると恥ずかしい。

「……そうすることにしよう。――蒼赤」

剛籟坊が声をかけると、アマツユリの模様が描かれた襖が音もなく開いた。襖の向こうに、蒼赤と六花が控えている。

「失礼いたします」

蒼赤に手を引かれて歩いてきた六花は、剛籟坊と雪宥の間にちょこんと座った。おめかし用の、朱に金の縁取りをした腹掛けと、地紋の入った紺色の股引を穿いている。

大天狗二人を前にしても、物怖じする素ぶりもない。

「俺と雪宥の息子だ。名を六花という。今日で三歳半になる」

「高徳坊さまと凜海坊さまだよ、六花。ご挨拶《あいさつ》して」

雪宥が小声で促せば、六花ははきはきと口を開いた。

「六花ともうちまつ。よろちくお見ちりおきください」

「し」と「す」が言えない、少々舌足らずの口上に、そこにいたもののすべてが蕩けた。

いずれ、大天狗たちが押しかけてくることもあろうかと、一応の挨拶は教えておいたのが役に立った。かしこまったものはこれしか言えないが、充分であろう。

「可愛かー！　なんね、この可愛らしさは！　抱っこはおいどんが一番乗りね！」

凜海坊は大柄な身体で素早くいざり寄り、六花を抱き上げた。

　突然のことに怖がるどころか、六花は大喜びだった。遊んでくれる人はみんな、大好きなのだ。

「抜け駆けとは感心しませんね」

「早いもん勝ちじゃ！　ほうほう、六花のつむじは左巻きか、惜しいのぅ」

「わたくしはつむじの巻き方向など気にしませんよ。さ、十数える間に、こちらにお寄越しなさい」

「十は短すぎるわい」

　凜海坊はごねたが、さすがは高徳坊、きっちり十数えたのちに、凜海坊の腕から六花を優しく奪い取った。

「六花というのですね。雪宥と同じ、美しい名です。わたくしは高徳坊。そなたに会うのを楽しみにしていたのですよ。この小さきものに祝福を」

「おいどんからもじゃ。強く育てよ、御山と仲間を守れる天狗になれ」

　高徳坊が六花の額に、凜海坊は六花のつむじに軽く唇を押し当てた。

　長命の大天狗たちに祝福を授けてもらう光景を、厳《おごそ》かな気持ちで雪宥は眺めていた。誰からも可愛がられ、慈《いつく》しまれる存在であってほしいと願うのは親心だ。

「しかし、六花は雪宥どんによう似とるのー」

「本当に、瓜二つです」

「……え？」

間の抜けた声をあげた雪宥を、高徳坊と凜海坊がまじまじと見た。

「鳩が豆鉄砲でも食らったような顔じゃ。なにをそんなに驚いとるね？」

「あの、六花は剛籟坊に似てるんです。そうしてくれって、俺が剛籟坊に頼んだから、剛籟坊に似てないとおかしいんです」

「ですが、この子は雪宥にそっくりですよ。目も鼻も口も髪の色もすべて、そなたのものではありませんか」

「す、すべて？」

「少なくとも外見は。気づいていなかったのですか？」

「……」

雪宥は瞬《まばた》きを繰り返し、視線を落として畳の目を見つめた。

初めのうちは疑いもしていなかった。なんとなくおかしいなと思い始めたのは、六花が一歳になったころだろうか。

そう、まったく気づいていなかったわけではないのだ。

それでも、雪宥は剛籟坊を信じていたし、自分の気のせいだという可能性を捨てきれなかった。客観的な目を持っているはずの蒼赤に、剛籟坊さまそっくりでございますな、などと迷いもなく言われれば、剛籟坊に似ているように見えてくる。

毎日毎日止まることなく成長しつづける六花の顔立ちについて、じっくり議論するような時間がなかったのも事実だ。しかし、こうなっては現実と向き合うしかない。

「……あんなに約束したのに」

雪宥はうなだれたまま、上目遣いでじっとり剛籟坊を睨《にら》んだ。ついでに、剛籟坊の後ろに控えている蒼赤も睨んでおく。

なにが、剛籟坊さまそっくりでございますな、だ。雪宥に似ていることなど百も承知のうえで、剛籟坊の嘘が露見するのを少しでも遅らせようとしたのだろう。

「かかさま、お顔、こわい」

六花の声に、雪宥ははっとなって顔を上げた。高徳坊に抱かれた六花が、両親の間に漂う冷えた空気を察知して、不安がっている。

「なんでもないよ、六花。高徳坊さまに抱っこしていただいて、よかったね」

慌てて笑顔で取り繕えば、六花もにこっと笑ってくれた。

「はい！　こうと、きゅ……こう、こうさま、いい匂いがちまつ」

高徳坊と言おうとして言えず、勝手に省略して呼んだ六花に、またもや全員がめろめろになった。

「まぁ、嬉しいことを。六花も甘いお花の香りがしますよ。まるで、アマツユリが咲いているかのよう」

「高徳坊どん、独り占めはいかんね。ほれ、六花。三人でお手玉遊びはどうじゃ？」

「やりたいでつ！」

高徳坊と凜海坊は六花を連れて、雪花の間の真ん中あたりまで移動した。

「お手玉遊びって、可愛らしいね。お外大好きの活発な子だから、お手玉で遊びたがるなんて思わなかったよ」

雪宥は微笑みながら、約束を破ったことがばれて、神妙な顔つきになっている剛籟坊に話しかけた。

「……お前に似た子が欲しかった」

「そうだろうね」

「約束を破ったのは悪かったと思っている。怒らないでくれ」

「怒ってないよ。そんなには」

剛籟坊の表情が明るくなった。

どちらに似せた子にするかで、論争してきた年月はなんだったのかと言いたい気持ちはあるが、今さら文句を言って喧嘩をしても、六花を悲しませるだけだ。

それに、雪宥にも産む前ほどのこだわりはなくなっていた。剛籟坊に似ていようが、雪宥に似ていようが、六花が可愛い我が子であることに変わりはない。

毎日を楽しく、健やかに過ごしてくれたら、それで充分である。

「お前だけでなく、俺に似せたところもある。全体的に、半々くらいにしたつもりだ」

「半々？　本当に？」

「剛籟坊さまをお疑いになってはいけませぬ。雪宥さまは気づいておられませぬが、耳の形にご注目くだされ。剛籟坊さまに生き写しでございます」

「……耳。耳か。うん、耳は大事だよね」

耳だけ似せてどうするんだ、と思いつつ、適当な相槌《あいづち》を打ったとき、六花の楽しげな歓声が響いた。

一般的に女児の遊びであるお手玉が、そんなに楽しいのかと視線を向けた雪宥は、飛びこんできた光景に目を剝いた。

大広間の端と端に距離を開けて立った凜海坊と高徳坊の間で、六花自身が手玉となって、あっちこっちに放り投げられている。

「り、六花……！」

「そりゃっ、どうじゃ！」

上手投げをした凜海坊から、六花はけっこうな勢いで飛んでいき、受け止めた高徳坊は畳すれすれの絶妙な下手投げで返す。

六花には翼があるから、キャッチし損ねても自分で羽ばたくことができるし、高く投げすぎて天井に当たるとか、畳に激突したとしても、砕けるのは屋敷のほうだろう。

お手玉に飽きると、凜海坊が調子に乗って、お得意の火吹きをしてみせた。

烏天狗に油を持ってこさせ、飲みこんで口から炎を噴く芸である。無礼講の宴会ではないので、ろうそくの火程度の小さいのを、ポッ、ポッ、と連続して出している。

六花は大喜びで凜海坊の太い腕にしがみつき、夢中で見入っていた。

それがおもしろくなかったのか、高徳坊が烏天狗に命じて、熱した鉄を用意するように言っているのが聞こえた。

「もしかして……」

雪宥が危惧《きぐ》したとおり、大鍋にぐらぐら煮えている鉄が運ばれてきた。

高徳坊は素手で鍋を抱え、涼しげな顔でそれを飲み干していく。話には聞いていたが、高徳坊の得意技、熱した鉄の一気飲みである。

ついに、生で見学してしまった。

見ているだけで、雪宥の胸は焼けてむかむかしているのに、六花のはしゃぎようといったらなかった。瞳を輝かせ、もう一回ちて！　とリクエストしている。

「そなたが望むなら、池ほどの鉄も飲み干しましょう」

「こげに狭か部屋では、おいどんの火吹きの神髄《しんずい》は見せられんね！　表へ出て勝負じゃ、高徳坊どん」

「受けて立たぬは、この高徳坊の恥。よろしいですか、剛籟坊」

「外に出てもかまわんが、あまり六花を興奮させないでくれ。まだ幼く、神通力が暴走することもある。雪宥が心配するゆえ」

「充分に注意を払いましょう。雪宥、わたくしと凜海坊がついているのですから、大船に乗ったつもりでおいでなさい」

「……はい」

言いたいことは山とあるが、すべてを呑みこんで雪宥は頷いた。

天狗の子は、天狗流に育てるのが一番なのだ。うっかり大怪我をすることもないだろうし、これは六花の貴重な経験となるだろう。

高徳坊、凜海坊、六花、そして蒼赤の四人が部屋を出て、館の外に向かった。

「お前は行かなくていいのか？」

剛籟坊に訊《き》かれ、雪宥は首を横に振った。

「いいんだ。代わりに蒼赤についていってもらったから。俺はたぶん、見ていられない。天狗たちの楽しい遊びを」

「あんなに六花が喜ぶとはな。俺がやってやればよかったと後悔した。ととさまは火吹きも鉄食いもできぬ情けない男と思われるのは癪《しゃく》に障る」

「……そうだね」

雪宥は曖昧《あいまい》な笑みを浮かべつつ、六花は間違いなく剛籟坊似だと思った。

雪宥に似ていたら、火吹きで蒼褪《あおざ》め、鉄食いでげんなりしているはずだ。リクエストなんて、絶対にしない。その前に、子天狗お手玉で目をまわしている。

だが、明るい展望もひとつ見えてきた。

この様子なら、六花は烏天狗の耳栓できっと大爆笑できる。後天的には育たないその感性が、剛籟坊の性質を受け継いだ六花には備わっているはずだ。

どん、という地響きがして、天狗館が揺れた。

「六花がはしゃいでるのかな」

「そうだろう。楽しい気配しかしないから、大丈夫だ。御山のどこも燃えていない」

「……」

心配する物事の尺度が違いすぎて、頭が痛い。

喜び勇んで帰ってくるであろう六花を笑顔で迎えられるよう、雪宥はこめかみのあたりを揉みこんだ。

3

その日は突然やってきた。

突然というのは、語弊があるかもしれない。天狗の子が八歳前後になると、他山に修行に出ることは、誰もがわかっていることだからだ。

六花が七歳になってからの日々を、雪宥は覚悟しながら過ごしていたが、やはり、突然だと思わずにはいられなかった。

前日まで、六花は至って普通だった。

午前中の数時間は神通力の扱い方について剛籟坊に教えてもらい、それ以降は、烏天狗たちや、不動山に棲む狐や熊や鷹と山中を駆けまわり、飛びまわり、いっときもじっとしていない。

全力で遊ぶ六花に、雪宥は体力的にも神通力的にもついていけないので、たいていは剛籟坊と一緒に見守っていた。

動物たちはみな妖力を持ったあやかしで、人の姿にも変化できる。

かつて、剛籟坊と雪宥が名づけをした真赭《まそほ》と穂波《ほなみ》の双子狐は、とっくの昔に成獣となり、とくによく六花の面倒をみてくれた。

雌の真赭が赤っぽい毛色をしているのに対し、雄の穂波は金色に近い毛色で、色の違うふさふさの尻尾に埋もれて昼寝をしている六花を見るたび、俺ももふもふしながら一緒に寝たいと思った雪宥である。

剛籟坊が嫉妬するから、絶対に言えないけれど。

六花は甘えん坊なところがあり、遊び疲れて館に帰ってくれば、雪宥にべったりくっついて離れない。

雪宥は俺のものだ、と息子であっても容赦しない剛籟坊を相手に、雪宥の取り合いをしている。ときどき、雪宥は二人によって半分ずつ所有された。

家族で過ごす日々があまりにも平穏で楽しく、もしかしたらこの子は修行に出る気がないのかもしれない、と思った矢先のことだった。

今朝、起きだしてくるなり、六花は剛籟坊と雪宥の前で元気よく宣言した。

「ととさま、かかさま。おれ、修行に行ってくる」

「……」

雪宥は絶句した。

六花の言い方が、まるで日が暮れるころには帰ってくるみたいな気軽さだったから、余計に虚《きょ》を衝《つ》かれてしまったのだ。

剛籟坊は平然と応じている。

「そうか。どこへ行きたい」

「聞越山の凜海坊さまのところへ」

「凜海坊どのか。いいだろう。使いの烏天狗をやり、伺ってみよう。使いに持たせる文をしたためるゆえ、しばし待て」

「はい。凜海坊さまは歓迎してくれると思う。修行なら聞越山にきんしゃい、おいどんが鍛えてやる、って言ってたから」

「そうだろうが、親しき仲にも礼儀ありだ」

文を書く用意をさせるために、剛籟坊が蒼赤を呼ぼうとしたとき、思考停止していた雪宥の頭がゆっくりと動き始めた。

「ま、待って！」

剛籟坊と六花が、同時に雪宥を見た。

「どうした」

「かかさま？」

「……まだ早いんじゃない？　聞越山に使いを出す前に、もう一度よく考えてみたほうがいいと思う。剛籟坊だって、六花の修行を見てやれるんだから……」

「雪宥」

剛籟坊に途中で遮《さえぎ》られ、雪宥ははっとなって口を噤《つぐ》んだ。

旅立ちを決めた息子に、言ってはいけないことだとわかっていたのに、動揺してつい口走ってしまった。

「……ごめん。人間の性分が抜けなくて」

うなだれて謝ると、剛籟坊がぎゅっと雪宥を抱き締めた。

「謝ることはない。俺はお前に天狗らしく生きろとは思っていないし、お前の人間らしいところを気に入っている」

決して雪宥を責めない剛籟坊の胸に顔を埋めて、雪宥は自分の不甲斐《ふがい》なさを後悔すると同時に、六花に申し訳なく思った。

まさか、天狗の子として当たり前に選択する他山での修行を、母に反対されるなんて思いもしなかっただろう。

雪宥自身の気持ちは二の次で、成長を喜び、頑張ってこいと励ましてやるのが、この場面での正しいふるまいだった。

雪宥は剛籟坊の胸で一度くしゃっと顔を歪《ゆが》め、それから平静を装い、さらに口元に笑みを刻むところまで持っていった。

作った笑顔を崩れないように固めておいて、剛籟坊の胸元から顔を上げる。

六花は中腰になり、母のところへ寄っていっていいものかどうか、迷っているようだ。雪宥が微笑んで両手を広げてやると、畳を一蹴りして飛びこんできた。

勢いがついている七歳の子どもは重い。

「うっ」

思わずよろめいて後ろに倒れそうになった雪宥を、剛籟坊が支えてくれた。

「かかさま、どうした。おれ、凛海坊さまのところへ行ってはいけないのか？　おれはまだ頼りないか。御山を出られないほどに」

「違う。違うよ、六花。さっきのは俺が悪かった。ごめんな」

雪宥は六花を抱き締め、柔らかい髪に頬を寄せた。

母乳を飲んでいたころは乳の甘い匂いがしていたものだが、今は親子三人に共通するアマツユリの匂いしかしない。

産まれたとき、ぷくぷくしていた身体は手足が伸びてしなやかになり、野山を駆けまわっているせいか、細いわりにひ弱には見えない。

一歳で歯が生え、足を使って歩くことを覚え、二歳ではずいぶん活発になった。

三歳になると爆発的にしゃべるようになり、烏天狗に似た舌足らずなしゃべり方でなぜなぜ攻撃を繰り返し、雪宥を困らせた。剛籟坊は意味不明な返事をして、あまり困っていなかった。

動物たちとの外遊びを覚えたのは四歳のとき。

翼を自分の意志で出したりしまったりできるようになった五歳。

剛籟坊に神通力の使い方を学び始めた六歳。

父を真似て、抜け落ちた黒い自分の羽根を神通力で髪飾りに変化させて母に贈ってくれた七歳。

一年が七日で過ぎるその間に、六花はさまざまなことを学んで成長し、そして八歳の誕生日まで二日を残し、自分の道を自分で決めた。

小さかった雪宥のややこは、ほんの二ヶ月足らずでこんなに大きくなってしまった。目の奥から涙が滲んできそうになるのを、雪宥は必死で堪えた。振り返るにしても、あまりにも短い。

「六花よ、かかさまはお前が頼りないと思っているのではなく、御山を出たお前と会えなくなるのが寂《さび》しいだけだ」

なにも言えない雪宥に代わって、剛籟坊が説明してくれている。

「寂しい？　ととさまがいるのに？」

「俺も俺がいれば充分だと思うが、そうでもないらしい」

「かかさま、大丈夫だ。おれは凜海坊さまのところで修行して、凜海坊さまみたいに強くて恰好いい天狗になって帰ってくるぞ。それまで、ととさまと仲よくな？」

「……っ」

雪宥はうっかり噴きだした。

眉間に力を入れて抑えていた涙が、急速に引っこんでいく。まさか、七歳の子に慰められるとは思わなかった。

しかも、強くて恰好いい天狗の見本が凜海坊。父親の剛籟坊を差し置いて。

剛籟坊を見上げれば、腑《ふ》に落ちない顔をしていて、もう一度噴きだしそうになる。

「六花、べつに凜海坊さまのところでかまわないんだけど、どうして凜海坊さまなんだ？　高徳坊さまや光輝坊さまにもお会いしただろう？」

六花を膝から下ろし、向き合うように座って、雪宥は訊ねた。

こちらからは誰一人として招いていないのに、高徳坊と凜海坊が押しかけてきたのを皮切りに、ほかの大天狗たちも日をずらしてやってきた。

月隠山《つごもりやま》の光輝坊《こうきぼう》はふらりと立ち寄ったふうを装い、北総岳《ほくそうだけ》の八尺坊《はつしやくぼう》と牛伏山《うしふせやま》の東犀坊《とうさいぼう》は連れだって道場破りでもするみたいに、頼もう！　と大声で叫びながら、五国岳《ごこくだけ》の翠漣坊《すいれんぼう》と棚鞍山《たなくらやま》の慈栄坊《じえいぼう》は十代に見える若い外見を利用し、来ちゃいました、と二人で可愛らしく小首を傾げ、とにかく、訪問の仕方はそれぞれ違ったものの、全員が断られようともごり押しで居座る気満々だった。

祝福に来てくれているし、六花も来客を喜んでいるうえ、断って揉める時間も惜しいので、宿泊しないのを条件に、剛籟坊と雪宥も彼らを歓迎した。

六花は七人の大天狗たちに遊んでもらったが、いつも楽しそうにしていたと思う。

「高徳坊さまのところへは、凜海坊さまの次に行く。光輝坊さまはあまりしゃべらないから、間がもたないだろ。翠漣坊さまと慈栄坊さまは師匠っていうより友達みたいだし、東犀坊おじさまは腕相撲で鍛えてやるって言うけど、おれ、腕相撲はちょっと。八っちゃんのところは大人になってから行ったほうがいいって、ととさまが言った」

わしのことは八っちゃんと呼べ、と三歳の六花に言ったのは、八尺坊その人である。

東犀坊が、東犀坊おじさまと呼ばせてはデレデレしているのを見て、ライバル心を刺激されたようだ。

ちらっと寄越された雪宥の視線の意味を読み取り、剛籟坊が言った。

「八尺坊は酒好きで、北総岳ではなにかというと即座に酒盛りが始まる。酔っぱらって修行が疎《おろそ》かになれば、本末転倒だ」

「そっか。子どもの間はやめといたほうがいいね」

しかも、北総岳には酔っぱらうと全裸に近い恰好で踊りながら団結を深めるという流儀がある。

幼い我が子にはあまり混ざってほしくない。できれば、大人になっても混ざってほしくないのだが。

しかし、無邪気に遊んでいるばかりの子どもだと思っていたのに、それなりに見ているものだと、雪宥は感心した。

「それで、残るは凜海坊さまか」

「残りじゃない。凜海坊さまがいいんだ。腕が丸太みたいに太いし、胸に毛も生えてるし、すんごい火を噴くし、譲れないこだわりってやつを持ってる。男らしいだろ？　それに聞越山では年に一回、人間たちが入ってきて祭りをするんだって。おれ、祭りがしたい」

「お祭りかぁ。そんなのがあるんだ。うちとは全然違うね」

雪宥は息子の力説の前半をさらっと聞き流し、後半にのみ意見を述べた。

暴風や豪雨などによって荒れやすく危険で、人の入山を拒む不動山と違い、聞越山では麓《ふもと》に住む村人との距離が近いのだろう。

「それにな、凜海坊さまは、かかさまがよく使う傷薬を作れる。いずれはおれが作り方を覚えて、かかさまに贈ろう。かかさまに痛い思いはさせたくないから」

「六花……！」

なんと優しい思いやりを持った子に育ったことか。

雪宥はまたもや泣きそうになったが、剛籟坊は冷静だった。

「雪宥に痛い思いをさせている原因はお前だろう。お前が加減を覚えないから、雪宥が怪我をする」

「ごめんなさい」

ばつが悪そうに、六花が頭《こうべ》を垂れて謝った。

六花の外遊びに、雪宥もときどきつき合うが、六花の持つ力が強すぎて振りまわされてしまう。遊び相手の動物たちは勘が鋭く、身のこなしも素早いので、六花の強い力をそれなりに躱《かわ》すことができる。

しかし、反応の遅い雪宥は、咄嗟の対処も未熟だ。じゃれて飛びかかってきた六花を受け止め損ね、山の斜面を転がり落ちたり、腕を引っ張られたときに踏ん張りきれず、山道を引きずられたりしたこともあった。

雪宥が怪我をするたびに、剛籟坊は六花に特大の雷を落とし、雪宥はうまく対処しきれない自分の未熟さを悔やみ、六花は雪宥への罪悪感で大泣きする。

怪我といっても、天狗の身体は人間に比べ、格段に治りが早い。が、凜海坊の傷薬は一瞬で傷が消えるため、あれば使ってしまい、一昨日、ついになくなった。

あの傷薬には聞越山にしかない特別ななにかが使われているらしく、剛籟坊の神通力をもってしても、同じものは作れないという。

聞越山の秘薬の作り方を、弟子入りした六花に教えてもらえるのだろうかと思ったとき、雪宥はふと気がついた。

「剛籟坊、うちには他山の天狗たちが修業に来たりはしないのか？　少なくとも、俺が不動山に入ってからは、そういう話は聞いたことがないけど」

「断っている」

「え？」

「以前なら来るものは拒まなかったが、お前を伴侶にしてからはすべて断っている。伴侶を一目見たいという天狗は多い。お前も修行中の身で、箱庭に閉じこめておくわけにはいかん。俺はお前を誰にも見せたくない。見たものは必ずお前に心奪われる。不埒《ふらち》を働こうとするものがいないとはかぎらん。お前にもしものことがあればと考えると、他山の天狗を受け入れることなど断じてできない」

「……そこまで考えてくれてたんだ」

感動の面持ちで、雪宥は剛籟坊を見つめた。不動山でのびのび過ごせる雪宥の自由は、剛籟坊の徹底した警戒あってのものだったのだ。

「俺はいつでもお前のことを考えている」

剛籟坊はしたり顔でそう言ってから、六花を見た。

「凜海坊どのなら、お前のよい師となってくれるだろう。たとえお前が暴走しても、止められるだけの力も持っている。聞越山には慈栄坊がよく遊びに行くそうだから、慈栄坊にも修行をつけてもらうといい。若い見てくれをしているが、やつには山の植物を富ませる才がある。見習っておいて損はない。覚えることはたくさんあるぞ、六花」

「はい！」

元気よく返事した六花は、わくわくした顔で雪宥を見ている。

母にも賛同してほしいのだ。自分の門出を喜んでほしがる息子の期待に、雪宥だって応えてやりたい。

雪宥は改めて六花を眺めた。

顔立ちは日々、雪宥に似てきている。翼の出し入れが自在にできるようになってからは、動きやすい篠懸《すずかけ》と括袴《くくりばかま》を身に着けて、毎日泥だらけだった。

大きくなったが、まだまだ小さいとも思う。遠い山へ修行に出ても、二度と会えなくなるわけではない。

少年から大人になるその過程を、そばでつぶさに見守っていられないからといって、親子の絆はなくなりはしない。

「それがいいね。外へ出て、いろんなことを学んでおいで」

母の了承を得られて、六花は満面に笑みを浮かべた。

気分が最高に盛り上がったようで、雪宥の膝に乗り上がり、甘えて胸元に顔を擦りつけてくる。

「うん！　かかさま、大好き！　世界で一番好きだ。かかさまは？」

「俺も六花が大好きだよ」

「一番か？」

「もちろん」

剛籟坊と同率で、という言葉を意図的に省いたら、斜め後ろからぼそぼそした恨みがましい声が聞こえてきた。

「一番だと？　お前、俺というものがありながら……」

ぼやいているだけだから、きっと子どもの問いにはそう答えるのが正しいとわかっているに違いない。

わかっていても、ぼやかずにいられない剛籟坊を、雪宥は愛しく思う。

母の一番だとわかり、六花はますます機嫌をよくした。

「おれ、凜海坊さまに鍛えてもらって、ととさまより恰好いい天狗になる。火を噴いて、胸に毛を生やす！」

「え……」

俺にそっくりの、その容姿で？　というか、それが恰好いいと思ってるのか？　俺似のお前に胸毛は生えないんじゃないか、いや、剛籟坊に似てても生えないけど、もしや神通力で生やすつもりじゃなかろうな、などと心のなかで突っこみまくっている雪宥に気づかず、六花は温かい母の胸元から名残惜しそうに離れた。

雪宥を見上げた顔は決意を秘め、きりっとしている。

「かかさま。おれ、男になって帰ってくる」

「……っ」

なにを言われるかと身構えていた雪宥は、咄嗟に頬の内側を噛み締めた。

ここで噴きだしたら一生許してもらえない気がして、感極まったふりで何度か頷いてみせ、その場を凌《しの》ぐ。六花の考える恰好いいの基準が、今ひとつわからない。

外見は雪宥、内面は剛籟坊に似ていて、剛籟坊曰く、半々なのかと思っていたが、そうでもなさそうだ。

このまま手放して、どんな価値観を抱いて大きくなるのか。やはり、最初の師である凜海坊の影響を色濃く受けるのは避けられまい。

雪宥は瞬きを繰り返し、もくもくと湧いてきた不安を追い払った。

「六花、修行に出るとなれば、しばしの別れだ。狐や熊たちに挨拶をしてくるといい」

「はい！」

六花は元気よく返事をして、部屋を出ていった。

別れの挨拶をしに行くのに、やはり惜別《せきべつ》の念はないようだ。独り立ちをする準備ができているのである。

さすが天狗の子というべきか、まだ早いの寂しいのとごねた自分のほうが子どものようで雪宥は恥ずかしくなった。

その気になれば、天狗はどこにだって飛んでいけるし、不死の肉体には寿命という制限もない。何百年も生きつづける間の数年、数十年なんて、あっという間だ。

「男になって帰ってくるのか……。楽しみだね」

雪宥は剛籟坊の胸にもたれかかりながら言った。

男になって、というのがどういう意味か正確にはわからないが、六花なりの思いがあるのだろう。

「ああ。俺がいるから寂しくないぞ。寂しさなど感じないくらい、可愛がってやる」

自分の存在をアピールしてくる剛籟坊に、雪宥は含み笑いを漏らした。

「うん。もう大丈夫。六花のほうがよっぽどしっかりしてた。まだ早いなんて、可哀想《かわいそう》なことを言ってしまった。俺もしゃんとしなきゃ」

「六花なら満足しているだろう。世界で一番好きだと、お前が激励したからな。この俺を差し置いてお前……」

「あー、凜海坊さまのところには、何年くらいいるんだろう？」

恨み言が始まりそうだったので、雪宥は途中で強引にぶった切った。

「学ぶことがなくなるまでだ」

「凜海坊さまの次は高徳坊さまのところって決めてたし、うちにはなかなか帰ってきそうにないね」

「あの様子では、新しい名も凜海坊どのにつけてもらうかもしれんな。高徳坊どのも狙ってそうだ。喧嘩にならねばいいが」

子天狗が修業を積んで一人前になると、縁《ゆかり》のある大天狗が新しい名を与えてくれるという。なんとか坊という坊のつく名前だ。

剛籟坊は不動山の前の主である玄慧坊《げんえいぼう》に剛籟坊の名を賜《たまわ》り、生まれたときにつけられた幼名は黒祥《こくしょう》だったらしい。

幼名も恰好よくて剛籟坊に合ってる、とその話を聞いたとき、雪宥は思ったものだ。

新名は誰がつけるという決まりはないそうなので、今のところ凛海坊が第一候補のように思えるが、六花が一人前になるまでは未定である。

「天狗が一人前になったか、なってないかって判断は誰がするんだ？　全国一律の基準があるとか？」

「明確な基準はないが、だいたいは感覚でわかる」

「感覚……。あのさ、剛籟坊」

雪宥は背筋を伸ばして剛籟坊を仰ぎ見た。

「なんだ」

「俺、どう？」

「どうとは？」

「ややこを産んで、飢えもなくなって、そろそろほら、あれじゃない？」

「あれとは？」

「だからさ、……い、一人前になったんじゃないかってこと。俺の新しい名前は剛籟坊につけてほしいな」

こんなこと、俺から言わせるなよと言わんばかりに剛籟坊の胸をぽんと手で叩き、雪宥ははにかんだ。

一人前を自称するなんて少し厚かましかったかな、と自分でも思ったが、ややこを産んだ今に一人前と言わずして、いつ言うかという気持ちだった。

雪宥にだって、気が大きくなるときがあるし、剛籟坊に新しい名前をつけてもらうというのが、とても素晴らしいことに思えたのだ。

剛籟坊は息を呑み、雪宥をきつく掻き抱いた。

「すまない。すべてをお前の望むとおりにしてやれればいいが、おそらくお前はこの先もずっと雪宥だ。だが、それでいい。俺は雪宥という名を気に入っている」

「……。あ、そうなんだ」

「人間から天狗に転成し、一人前になるには並々ならぬ努力が必要だ。しかし、努力だけではどうにもできないことがある。どうにもだ」

「二回言わなくても……」

永遠に一人前になれそうもない、それだけのポテンシャルがないことを、そこまで強調してくれなくてもいい。

「雪宥、お前は俺のややこを産んでくれた。伴侶としては一人前だ。どうしても新しい名が欲しければ、もちろん俺がつけてやる。考えるから待ってくれ」

なぜこんな話題を振ってしまったのか。雪宥を傷つけまい、慰めようとする剛籟坊の不器用な気遣いがいたたまれない。

「いや、いいよ。俺も自分の名前、気に入ってるから。雪宥のままで問題ない」

雪宥は後悔しつつ、どんよりした顔で気のない返事をした。

4

二日後、剛籟坊と雪宥は、八歳になった六花を連れて聞越山へ出発した。

子どもといえど、普通は一人で行って、主に挨拶をするらしいのだが、六花は生まれも持てる力も、一般的な天狗とは違っている。

道中でなにか問題を起こせば、取り返しのつかない事態になる可能性があるのと、みんなで聞越山に遊びにきんしゃい、と凛海坊が招いてくれたため、剛籟坊と雪宥も一緒に行くことになったのだ。

雪宥を愛するあまり、不動山から出さずに閉じこめて隠しておきたいと公言している剛籟坊も同行を許してくれ、家族揃っての旅行に雪宥も六花も大興奮だった。

不動山から天狗の翼で二日はかかる聞越山まで、翼のない雪宥は自力で飛ぶことができない。飛行術を使えば少しは飛べるが、長距離はどうやっても無理だ。

「かかさま、心配するな。おれが手を引いて飛んでやる」

六花は胸を張って言った。

「ありがとう、六花。気持ちは嬉しいけど……」

雪宥が辞退する前に、剛籟坊が口を挟んだ。

「お前が手を引かずとも、俺が抱いて飛ぶから問題ない。お前は自分のことだけに気をつけていろ、六花。外の世界が珍しくても、よそ見はするな。気になるものがあっても、俺から離れるな。むやみにはしゃぐな。わかったな」

「わかってるけど、かかさまはおれと飛びたいよな？」

「雪宥は俺を選ぶ。そうだな？」

食い入るように見つめてくる四つの瞳のどれとも焦点を合わせず、雪宥はとっておきの笑顔を浮かべた。

剛籟坊も六花も、雪宥が笑っている顔が好きだと言う。好物を与えて誤魔化しているうちに、頭をフル回転させて最適な答えを見つけだす。

「仲よく三人で一緒に飛べたらいいな。俺と六花は外に慣れてないから、剛籟坊の言うことに従ったほうがいいとは思うけどね」

はっきりどちらがいいと明言しないのが、みそだ。

このように、父と子による母の争奪戦がところどころで始まり、母によって受け流されるやりとりを繰り返しながら、三人は不動山を発った。

山を出ると、天狗の結界からも抜け、人間の時間の流れに身を置くことになる。剛籟坊が書いた文を持たせて聞越山へ使いに出した烏天狗も、天狗館で待っていれば数時間で戻ってきた。

六花の修行も人間界で行われるため、六花は今から人間と同じ年の取り方をするという。手元を離れると同時に成長が遅くなるとは、詐欺《さぎ》に遭《あ》った気分の雪宥だったが、それが天狗というあやかしの理《ことわり》で、誰にも文句は言えない。

休憩を挟み、天狗のいない山で一夜の宿を借りつつ、道中のほとんどを雪宥は剛籟坊に抱かれていた。

ほとんど、というのは、六花がどうしても雪宥の手を引いて三人で飛びたいと駄々を捏《こ》ねたからだ。

自分の発言の責任を取り、雪宥は右手を剛籟坊と、左手を六花とつないで空を飛ばされた。あたかも、宙吊りの罰ゲームだった。

目撃者がいれば、大小の天狗たちに捕獲された可哀想な人間が、どこかへ連れ去られようとしている場面に見えたに違いない。

下界には、雪宥が何十年も前に去った懐かしい人間の世界が広がっている。それを眺めて飛ぼうという余裕は、欠片《かけら》もなかった。

引っ張られる腕は痛いし、不安定で怖いし、目がまわってふらふらした。

「かかさま、楽しいな！」

しかし、六花がそう言って笑うので、雪宥は黙って耐え、六花の柔らかく小さな手と剛籟坊のがっしりした大きな手を、それぞれぎゅっと握り締めた。

聞越山はいくつかの山が連なったうちの一座で、白い噴煙を吐く火山である。

人間が立ち入ることのできない山間の深い森に入ると、到着を知っていたかのように、凜海坊の配下である烏天狗が迎えてくれた。

「ようこそお越しくださいました。剛籟坊さまとご伴侶さまのためにご用意した屋敷がございます。そちらでお寛ぎください」

案内されたのは、登山者が利用するような、こぢんまりした避難小屋だった。ただし、扉を開ければ内部には別空間が広がっている。

剛籟坊と雪宥と六花が三人横に並んでも歩けそうな広い廊下の左右に、数えきれないほどの襖が並んで、部屋がいくつあるのか見当もつかない。

「主をお呼びしてまいります。しばしお待ちを」

烏天狗が退出するなり、六花が廊下の奥に向かって走りだした。

「かかさま、ここ広いー！　突き当たりがない！　探検するー！」

奥の角を曲がり、疾風《しっぷう》のように姿を消した息子を、雪宥は止められずに見送ってしまった。

遠ざかる足音だけが響いていたが、それも徐々に小さくなって途絶えた。

いったい、この屋敷はどれだけ広いのだろう。べつの意味でも呆然としながら、傍《かたわ》らの剛籟坊を見上げる。

「あれ、連れ戻したほうがよくない？」

「好きにさせておくといい。迷子になるような屋敷ではない。凜海坊どのが来たら、興奮してじきに戻ってくる」

「そっか。剛籟坊がそう言うなら大丈夫かな」

「お前は少し休め。疲れたろう」

剛籟坊は雪宥を抱き上げ、近くの部屋に入った。二十畳くらいの広さで、円座が置いてあったが、雪宥の座布団は剛籟坊の膝だ。

雪宥が遠慮してもいやがっても、剛籟坊が抱えこんで離さないので仕方がない。

「疲れたのは俺より、剛籟坊だろ。ずっと俺を抱えて飛んでくれてありがとう。俺にも翼があればって、今回ほど実感したことはないよ。もっと飛行術を頑張って極めるべきだったって、後悔もした」

「お前に翼があろうが、飛行術で三日三晩飛びつづけることができようが、関係ない。お前は俺が抱いて飛ぶ」

剛籟坊にとっては太陽が東から昇って西に沈むのと同等の、不変の法則のようだった。

「わー、ぐるぐるまわってるー！　なんだこれー！」

六花はまだ探検に精を出しているらしい。騒がしい足音と声が、大きくなったり小さくなったりしながら、屋敷に響いた。

「それにしても、広いお屋敷だね」

「俺もこれくらいの屋敷は造れる」

対抗意識を燃やさずにはいられないのか、今すぐにでも実践して張り合いたそうな剛籟坊に、雪宥は苦笑した。

「わかってるから、造って見せなくていいよ。剛籟坊は何度か、聞越山に来たことがあるんだよね。修行もしたって言ってたけど、凜海坊さまに教わったの？」

「いや。ここで修行をしたのは、俺が百歳かそこらのときだ。凜海坊どのは、まだ主にはなっていなかった。当時は俺のような他山から来た天狗たちが、山の至るところで場を借りて鍛錬していた。ここは修行にはもってこいの、なかなかおもしろい山だからな」

他山から来た天狗たち、と聞いて、雪宥の脳裏に一人の大天狗が浮かんだ。

かつて、剛籟坊の昔馴染みだった、雪の妖精みたいに美しい白間山《しろまやま》の主、銀嶺坊《ぎんれいぼう》。二人は若いころ、連れだってさまざまな山へ行って修行したと言っていた。

この聞越山にも、二人で来たのかもしれない。あるいは、ここで出会って意気投合した可能性もある。

雪宥を害そうとして剛籟坊の怒りを買った彼は、今も白間山で謹慎し、大天狗たちの集会にも参加を許されていないという。

あの事件から四十年近く経ったが、剛籟坊の口から、銀嶺坊の名が出たことは一度もなかった。剛籟坊がなにも言わないかぎり、雪宥も黙っていようと決めている。

「じゃあ、聞越山は何年ぶり？　懐かしい？」

「お前が産まれる二十年ほど前に来たのが、最後だったか。べつに懐かしくはないな。いろんな山へ修行に出ている間に、不動山を懐かしく思ったことならある」

「生まれ故郷が一番？」

「お前が一番だ。お前の一番は六花だそうが、俺はお前が一番で、お前だけだ」

　雪宥は噴きだした。

　質問と回答の内容が、まったく噛み合っていない。しかも、誰が一番好きか、数日前に不動山で六花としたやりとりを根に持っている。

　六花が帰ってこないうちに、雪宥は急いで言った。

「俺だって、剛籟坊が一番好きだよ。六花も一番だけど、剛籟坊も一番だ」

「……」

　剛籟坊は不服そうだった。息子と同率一位が気に入らないのだ。

　たとえ、それが本心でも、六花がいない今くらいは俺のみを選んでもいいではないか、息子には内緒にしておく気遣いはあるぞ、とハンサムな顔に書いてある。

　雪宥の胸がときめいた。

　四百年以上も生きてきた大天狗が、なにがなんでも単独一位が欲しくて、子どものいない隙《すき》を狙って甘えている。

たまらなくなって、剛籟坊の首っ玉に齧《かじ》りついた。

「六花とは離れて暮らせるけど、剛籟坊とは離れられない。六花を産んで、一人で生きていけるようになっても、俺は剛籟坊と一日だって離れていたくないよ」

「俺がお前を離すものか」

まるで、長い間離れ離れだった恋人同士があまたの苦難を乗り越え、ようやく再会できたみたいな勢いで、二人は強く抱き合った。

出産により、雪宥は飢えない身体になったはずだが、産む前も産んだあとも、ほとんど毎日剛籟坊と睦み合っていて、実感はなかった。本当に飢えないかどうか、試してみようという気にもならない。

剛籟坊が雪宥の額や鼻に、細かくキスをしてくる。雪宥も同じように、顎の先や頬にキスを返した。

くすぐったさに笑いながら、間近で見つめ合い、唇と唇を近づけていく。

くっつく直前に、襖が開いた。

「よう来たのう！」

小脇に六花を抱えた凜海坊だった。

雪宥は即座に現実に戻り、雪宥を抱えておきたい剛籟坊の未練がましい腕からあたふたと逃れ、隣に座りなおした。

「べつにそのままでもよか。相変わらず、仲がえぇのう。今日は三人で来てくれて、おいどんは嬉しか。今か今かと楽しみに待っとったわい」

どすどすと部屋に入ってきた凜海坊は、抱えていた六花を下ろして二人の前に座った。

六花も雪宥の横で正座をした。屋敷内探検中に、外からやってきたであろう凜海坊に、なにがどうなって捕獲されたのかわからないが、どことなし照れくさそうである。

「凜海坊どの、これから六花が世話になる。よろしく頼む」

「お招きいただき、ありがとうございます。六花をよろしくお願いいたします」

頼むと言いながら、堂々としている剛籟坊と並んで、雪宥も挨拶をした。

「よかよか、堅苦しい話はおいときんしゃい。屋敷のなかをうろちょろしとるもんで、つい捕まえたが、小さかった六花が大きゅうなっとって、見違えたど。この閨越山を最初の修行地に選ぶとは、見上げたもんよ」

きちんと正座をした六花は、凜海坊に褒《ほ》められ、嬉しそうに顔を綻ばせた。

「凜海坊さま、お久しゅうございます。先ほどは失礼いたしました。このお屋敷があまりに広いのでつい……。修行の許可をくださり、嬉しく思います。おれ、凜海坊さまみたいに強くなりたいです」

「おいどんのようにか！　それはうんと励まねばならんのう。おいどんはこう見えて、ちと厳しか。音《ね》をあげて逃げ帰らんようにな」

「絶対逃げません！　修行はいつから始めますか」

凜海坊はおおらかに応じた。

「そげん焦らんでよか。おいどんも修行も逃げはせんわい。まず、父母とともに、聞越山巡りをしてみんしゃい。見るとこ満載じゃ。不動山が心配で剛籟坊どんが帰るっちゅうなら、雪宥どんだけ残っておいどんの山を見ていかんね？」

「言葉が過ぎるぞ、凜海坊どの。この俺が雪宥だけを残して帰るものか」

むっとした顔を隠しもせずに、剛籟坊が言った。雪宥も連れてすぐに不動山に帰ると言うと思っていたのに、滞在に乗り気なようだ。

「言うてみただけじゃわい。なんなら、ここで次郎坊の仕込みもしていけばよか」

かっかっかと豪胆に笑われて、雪宥は赤面して俯《うつむ》いた。

太郎坊である六花を授けてもらったときのことを思い出したのだ。三日三晩かけて睦み合うあれを、よその山でなんか絶対にできない。

「夜には歓迎の宴を催す。躑躅《つつじ》館に招きたいが、六花の時間を無駄にはできん。宴まで、聞越山のよかとこを存分に見ていきんしゃい」

そう言って、凜海坊はまた、どすどすと足音を立てて屋敷を出ていった。

雪宥が緊張を解《と》いたと同時に、正座をしていた六花がぴょこんと立ち上がった。雪宥に似た瞳が、獲物を狙う猫みたいになっている。

「さっき、凜海坊さまがどこから出てきたのか、全然わからなかった。躑躅館ってのも気になる。ので、尾行してくる」

「ちょ、六花……！」

探検はともかく尾行はまずかろうと、雪宥は六花に飛びかかって止めようとしたが、子どもは身軽に躱して凜海坊を追いかけていく。

畳に四つん這いになり、右手だけを虚《むな》しく六花が消えた先に伸ばしている雪宥を、剛籟坊が助け起こしてくれた。

「行かせておけ。どのみち、まかれて帰ってくる。躑躅館にはたどり着けない」

「躑躅館って、うちの天狗館みたいなところ？」

「ああ。天狗界に建っている。色とりどりの躑躅が年中咲き乱れる、あの凜海坊どのの住まいとは思えぬほど美しい館だ。六花のこともあるが、俺たちもそう長くは不動山を空けてはおけん」

天狗界に入って半日を過ごすだけでも、人間界ではひと月弱の時間が経ってしまう。

自然災害に遭いやすい不動山において、長期間の主の不在は、山に棲む天狗や動物たちを不安にさせる。

「でも、今夜は宴だそうだし、泊まりになるよね？　帰りも二日かかるから、ゆっくりできないね」

「いや、十日くらいなら留守にしても問題ないだろう。この時期は天候がよくて、御山の機嫌もいい」

「十日……！」

破格の日数に、雪宥は目を見開いた。行き帰りをべつにしても、六日もある。

しかし、六日も凜海坊の世話になるのは、気が引けた。六花の誕生祝に来てくれた凜海坊を、一晩ですげなく追い返した記憶が鮮明すぎて。

剛籟坊が雪宥の懸念に気づいた。

「聞越山で泊まるのは長くて三日だ。凜海坊どのは引き止めるだろうが、俺たちがいたら、六花の修業の邪魔になる」

「そうだね。せっかく頑張るぞって張りきってる横で、俺たちがうろちょろして遊んでたら気が散るもんね」

「不動山に帰る前に、行きたいところ、見たいものがあれば連れていってやる。あまり遠くへは行けないが」

雪宥はまたびっくりした。

剛籟坊がそんなことを言いだすとは夢にも思わず、なかなか言葉が出てこない。

かつて、雪宥が天狗に転成したとき、二日かけて不動山を巡ってみようと言われたときのことを思い出した。

閉じこめて大事にしまっておきたいけれど、雪宥が喜びそうなことを日々考えていると言っていた。いつも笑い、幸せであってほしいと願いながら。

「どうだ。行きたいところはあるか」

「よく、わからない。俺は外のことをあまり知らないから。でも、剛籟坊が俺に見せたいと思うところがあれば、そこに行ってみたい。剛籟坊が知ってるものを、俺も知りたい。いつか、剛籟坊と一緒に思い出して懐かしめるように。っていうか、剛籟坊がいてくれたら、どこでもいいし、なんでもいい。大好きだ剛籟坊、愛してる……！」

話しているうちに昂ってきて、雪宥はほとんど叫びながら剛籟坊にしがみついた。

六花を身ごもってからは、六花のことばかりにかまけ、剛籟坊との関係が少し疎かになっていたかもしれない。

剛籟坊にこれほどまでに愛されて、自分もまた、こんなにも剛籟坊を愛していたことを再確認し、胸の奥から溢れてくるものを止められなかった。

「俺も愛しているぞ。一番で唯一にな」

「俺のほうが愛してる！」

「六花よりもか？」

またもや、話がここに戻ってきた。伴侶と息子は別枠だというのがどうしても納得できないのか、剛籟坊はたいがいしつこかった。

だが、そのしつこさも愛すべき剛籟坊の一部だ。

雪宥はついに折れた。

「……そうかも。六花には内緒だよ」

剛籟坊がぐっと雪宥を抱き締めた。

「ああ。もちろんだ。言いたくてたまらないが、黙っている」

剛籟坊の匂いに包まれた、窮屈で居心地のいい胸元から、雪宥は顔を上げた。

キスがしたくなったのだ。触れ合うだけの軽いやつではなく、舌を絡め、唾液を交換し合う濃厚なやつが。

剛籟坊は雪宥の希望を過《あやま》たず読み取り、叶えてくれようとした。

唇が近づいてくるのを見て、目を閉じる。

呼気が肌をくすぐった瞬間、六花が飛びこんできた。

「見失った！　ととさま、かかさま、ここは不思議なお屋敷だ。曲がっても曲がっても廊下がどこまでもつづいている。なのに、凜海坊さまが角を曲がって、おれも曲がったら、凜海坊さまは消えていた。捕まえられたときもそうだった。どこからか腕が伸びてきて、気づいたら、凜海坊さまに抱えられてここに立っていた。出口と入り口を捜しまわったが、まったくわからん」

父と母が隙間なく抱き合っている現場を目撃しても、動じない心を六花は持っている。

「凜海坊どのの悪戯《いたずら》だな。お前は同じところを延々とまわらされていただけだ。修行を積めば、まやかしに気づいて見破れるようになる」

剛籟坊が真面目くさった顔で話している間に、雪宥は乗り上がっていた剛籟坊の膝から粛《しゅく》々《しゅく》と下りた。

あと五分、六花が戻ってくるのが遅ければ、ディープキスで欲情を誘発され、衣服を乱して睦み合いを始めていただろう。危ないところだった。

剛籟坊と二人でいると、こういうことがしばしばあって焦る。時と場所が頭から消えてしまうのだ。

「修行か、楽しみだ！」

「六花、修行もいいけど、その前に聞越山巡りはどうかと凜海坊さまはおっしゃってた。三人で出かけてみないか？」

「うん！」

雪宥の提案に、六花は嬉しそうに頷いた。

案内係となる剛籟坊にも異論はなく、三人は連れだって屋敷を出た。躑躅の咲く季節だが、山の空気はひんやりしている。

人間界にありながら、人間が立ち入れない領域だけあって、泥土の急斜面に剝きだしの岩がごろごろ転がっていて歩きづらそうだ。

気合いを入れて踏みだした足が地に着く前に、剛籟坊が雪宥を片腕で抱き上げた。

「危ないから、俺が抱いて歩く」

「俺なら大丈夫だよ。ちゃんと歩ける」

息子の手前、雪宥は一応抗議した。雪宥と六花はお出かけ用の括袴に草鞋《わらじ》を履き、山道でも歩ける仕様だ。

「お前が歩けるかどうかが問題ではない。俺が歩かせたくないだけだ。滑って転んで怪我でもしたらどうする」

雪宥の怪我につける傷薬はあっても、剛籟坊の過保護につける薬はない。こうなるとなにを言っても無駄なので、雪宥は好意をありがたく受け取ることにした。

「じゃあ、お願いするよ」

「かかさまが抱っこなら、おれはおんぶだ。ととさま、負ぶってくれ」

自分一人で歩いたり飛んだりするのが好きな子が、そんなことを言って剛籟坊の背中に齧りついたのを見て、雪宥と剛籟坊は顔を見合わせた。

六花にしては珍しく、剛籟坊に甘えている。子どもらしいことができるのは今日が最後だと、六花は六花なりに思うところがあるのかもしれない。

左腕に雪宥、背中に六花を背負って、剛籟坊は軽々と歩を進めた。いつもの山伏の恰好に、足元は高足駄《たかあしだ》である。

空を飛ぼうが、険しい山の道なき道を歩こうが、剛籟坊の高足駄は脱げたりしないし、うっかり躓《つまづ》いたりもしない。

「ここから東に登ったところに、七つの滝がある。なかでも、竜遊滝《りゅうゆうだき》と鷹喰滝《たかくいだき》という双子滝が豪快だ。登るには難儀な滝だが」

「ととさま、登ったのか」

「滝だからな」

「すごいな！　おれも登る」

「お前にはまだ早い」

父と子の会話を、雪宥は生暖かい笑みを浮かべて聞いていた。

天狗の修行のひとつに滝登りというのがあって、滝とは登るものらしい。雪宥も不動山で滝登りにチャレンジしたが、なぜ登る前提なのか意味がわからなかった。

滝なんて、わぁすごいね、荘厳だね、神秘的だね、とかなんとか言いながら観賞したほうがいいに決まっている。

剛籟坊は垂直に近い崖も平然と登り、平然と下りた。太い倒木も巨大な岩も、ひょいっと一跨《ひとまた》ぎだ。

剛籟坊お勧めの七つの滝は、深い渓谷を越えた先にあった。最奥の双子滝まで、手前から順に見てまわる。

「わぁ、すごい迫力だね。水飛沫《みずしぶき》がここまで飛んでくる」

双子滝は絶景だった。絶壁の上から、大量の水が爆音を立てて流れ落ち、話し声もよく聞こえない。

「滝の裏に穴があるぞ、ととさま」

「ああ。小さな洞穴《どうけつ》だが、お前なら通れるだろう。道なりに真っ直ぐ進めば、出口はひとつだ。行ってみるなら、俺たちは外からまわって出口で待っていてやる」

「行く！」

六花は黒い翼を背中から出し、洞穴がある鷹喰滝の裏側へふわりと飛んでいった。穴の奥に進んで姿を消す前に、手を振るところがご愛嬌《あいきょう》だ。

「子どもしか通れない狭い道なのか？」

「いや、俺でも通ろうと思えば通れるが、お前を抱いては難しい。途中、水没している箇所もあるゆえ」

「……水没。それって深いの？　六花を一人で行かせて大丈夫？」

「道がなければ泳ぐだろう。洞穴を破壊するかもしれないと心配しているのか？　あれももう八つだ。してはならぬことはわかっていよう」

「……そうだといいね」

雪宥の心配とはべつのところに話は飛躍し、決着した。

六花には天狗らしく育ってほしいと心から願っているのに、人間的な感覚がどうしても抜けてくれず、的外れな心配ばかりしてしまう自分にがっかりだった。

口数の少なくなった雪宥を抱いて、剛籟坊は洞穴の出口までの道を歩きだした。

迂回路《うかいろ》なうえ、聞越山は温泉が多いとか、あそこの岩は狐の顔に似ているとか、解説を受けながらだったので時間がかかり、出口に到着したときには、六花はすでに近くの岩に腰かけて退屈そうに待っていた。

「ととさま、かかさま、遅いー！」

そう言いながら駆け寄ってくる六花の髪は濡れ、衣服は泥だらけだ。どうやら、洞穴を破壊することなく潜《くぐ》り抜けてこられたらしい。

雪宥は剛籟坊の腕から下りて、抱きついてきた六花を受け止めた。

「ごめんごめん。洞穴は楽しかったか？」

「まあまあだ。それより、ととさまとかかさまを待ってる間に、ちょっと空を飛んでみた。どこまで来たのか知りたかったから。そしたらな、すごい綺麗だった！」

「なにが？」

「山が！　緑のなかに、桜色や赤や白の花がこんもり咲いてて、間できらきら光るものがあったから、気になってな。なにかと思ったら池だった！　かかさまも一緒に見よう」

「え、俺は飛べないよ」

「俺が抱いて飛ぼう」

「だめ！　今度はおれがかかさまと二人でいる番！　ととさまは下で見ていてくれ」

言うなり六花は雪宥の両手を摑んで、大きく羽ばたいた。行きの道中で味わった宙吊りの罰ゲーム再びである。

しかし、母を独占したがるところは、八歳の子どもらしくて和んだ。剛籟坊もたまには息子に母を譲るべきだと思ったのか、食い下がりはしなかった。

「気をつけろ。雪宥を落とすなよ」

「わかってる！」

剛籟坊に叫び返し、六花は高度を上げた。

心配そうに見上げている剛籟坊が、みるみる小さくなっていく。木々の緑が邪魔をし、一度目を離せば、どのあたりに立っていたのかさえわからなくなった。

「かかさま、気持ちいいなー！」

「……う、うん」

広げた翼で風に乗っている六花はともかく、だらんと下がった雪宥の身体は風の抵抗を受けてゆらゆら揺れた。舌を噛みそうで、長い言葉もしゃべれない。

「どうだ。上から見ると綺麗だろう？」

「ああ、本当だ」

聞越山は連山の最高峰で、いくつもの山が峰を競い合った、その真ん中に堂々とそびえ立っている。

緑に映える色鮮やかな花は、躑躅だろう。山が赤やピンクに染まって、この季節にしか見られない華やかな美しさがある。

ふと顔を上げた雪宥の視界に、黒いものが映った。

空を飛んでいるので一瞬、剛籟坊かと思ったが、目を凝らしていると鷹だとわかった。進路はこちらに向かって、真っ直ぐ伸びているようだ。

とはいえ、ぶつかることはないだろうと雪宥は考えた。ぶつかれば、鷹だって無事ではすまない。

「おれが見つけた池はな、この下あたりだ。見えるか、かかさま」

六花は下ばかり見ていて、前方の鷹を認識していない。鷹のほうが避けるだろうと思いつつも、一応は注意しておく。

「六花、鷹が飛んでくるぞ」

「えっ？」

鷹のスピードは、雪宥の予想以上に速かった。

しかも、進路を曲げる気配がない。領域を侵《おか》す天狗たちを懲《こ》らしめてやろうとでも考えたのか、ごうっと風を切って六花と雪宥の間に突っこんできた。

「わぁっ！」

驚いた六花が身体を捻《ひね》った。その勢いで、雪宥の手がするりと離れる。

支えを失って、雪宥は落下した。

「……っ」

悲鳴は漏らさなかった。

雪宥だって修業を積んだ天狗だ。鳥のようには飛べなくても、宙に浮くくらいのことはできるはず。

神通力を使おうとしたものの、頭からの落下を止めるなんてやったことがないから、どのように使えばいいのかわからない。考えているうちに雪宥はどんどん落ちていく。

眼下にきらきら光る、青いものが広がっていた。

太陽の光を反射した、池の水面である。雪宥はほっとした。このままだと池に落ちるが、地面に激突するよりはましだ。

覚悟を決めたとき、雪宥の身体がふわりと止まった。

「雪宥……！」

剛籟坊の声だ。

雪宥の危機には必ず飛んできてくれる、頼りになる最愛の伴侶は、白い翼で空を滑り、両手を広げて雪宥を抱えてくれた。

この腕のなかにいれば、なにがあったって安心である。

「かかさまー！」

そこへ、六花が上空から急降下してきた。落下する雪宥を、必死になって追いかけてきたのだろう。

六花はまるで弾丸のようだった。一直線に飛んできて剛籟坊にぶつかり、雪宥はまた宙に放りだされた。

衝突の衝撃で六花の身体も吹き飛び、頭から池に突っこみそうだ。

「六花！」

雪宥が手を伸ばしたが、届かない。

剛籟坊の動きは素早かった。彼自身も体勢を崩しながら、水面ぎりぎりで雪宥を右腕に、六花を左腕に抱え、右、左の順で投げた。

剛籟坊だけが回避しきれず、水中に沈んだのを視界の端に捉えつつ、雪宥と六花は池の畔《ほとり》に投げだされた。

「ご、剛籟坊……！」

波紋が消える間もなく、剛籟坊はすぐに飛びだしてきた。

二人の近くに降り立ち、ずぶ濡れになった髪を掻き上げ、水を切るように翼を大きく広げてから、しゅっと消した。

「剛籟坊！　大丈夫だった？　助けてくれてありがとう。鷹が飛んできて、バランスを崩してしまったんだ」

雪宥は剛籟坊に体当たりする勢いで抱きついた。六花も半べそを掻いて、剛籟坊の脚と雪宥の腰にしがみついてきた。

「かかさま、ととさま、ごめんなさい！　かかさまの手を離しちゃって、ごめんなさいー！」

「六花が悪いんじゃない。俺がもっと気をつけるべきだった」

自分を責める息子に、雪宥は柔らかく告げた。

剛籟坊は無言だった。お前たちが濡れずにすんでよかった、くらい言いそうなのに、黙りこんでいる。

それに、いつもなら間髪《かんはつ》を容《い》れずに抱き返してくれる手が、伸びてこない。

「……剛籟坊？」

怪訝に思って見上げた雪宥を見返す瞳は、雪宥がまったく知らない色合いを宿していた。

こんな目で見られたことは、ただの一度もない。

急速に不安が押し寄せてきて、全身の肌が粟立《あわだ》った。

剛籟坊は初対面の相手に対するよそよそしい態度で、ぼそりと言った。

「お前たちは誰だ？」

5

冷水を浴びせられたようだった。

冗談を言っているとは思わなかった。剛籟坊はこんな悪ふざけはしない男だし、なにより向けられている視線が、彼が本気で伴侶と息子を認識していないと明白に告げている。

雪宥は言葉を失い、縋りついていた身体から腕を離して一歩ずつあとずさった。抱き返しもしなかった剛籟坊はもちろん、引き止めもしない。

凍りついた胸がずきりと痛んだ。

六花も愕然としていたが、じきに剛籟坊の脚を叩いたり揺すったりして抗議し始めた。

「ととさま、どうした？　なぜそんなことを言う？　おれがかかさまを危ない目に遭わせたから、怒っているのか？　悪かった！　もう二度とあんなことはしない。なにか言ってくれ、ととさま！」

剛籟坊は六花のなすがままになりながらも、口を開こうとはしなかった。

状況を把握しようとしているのか、無言で雪宥と六花の顔を交互に見つめている。彼もまた、戸惑っている感じがした。

「剛籟坊……お、俺のこと、わからないのか？　六花も？　なんで……」

ふさがった喉を無理やり抉じ開けるみたいにして、雪宥はようやくそれだけを言った。

「六花というのが、この子の名か」

雪宥が反応する前に、六花が噛みつくように答えた。

「そうだ！　おれの名はととさまが決めたと聞いたぞ、かかさまの反対を押しきって！　忘れてしまったのか」

少しの沈黙のあとで、剛籟坊はほとんど申し訳なさそうに告白した。

「そのようだ。ここがどこの山か、なぜ不動山を離れてここにいるのか、お前たちのことも、まったく覚えがない。六花の言葉から察するに、お前は俺の伴侶で、六花は俺たちの息子なのだろう。覚えはないが、それは真実だとわかる。名を教えてくれ、俺の伴侶よ」

「……」

「お前の名が知りたい」

衝撃的すぎて、悪夢を見ているとしか思えなかった。剛籟坊に名を訊かれるなんて、雪宥の背中に翼が生えるのと同じくらいありえないことだ。

しかし、真っ直ぐに雪宥を見つめる視線には、最初に感じたよそよそしさがなくなり、優しく温かなものが浮かんでいる。

「……雪宥」

「どう書く？」

字を説明すれば、剛籟坊は微笑んだ。

「雪宥か、いい名だ。色が白くて美しいお前によく合っている」

「……？」

雪宥は眉間に皺を寄せ、六花はぽかんと口を開けた。剛籟坊が記憶喪失を装い、悪質な悪戯をしているのではないかと思ったのだ。

あまりにも剛籟坊らしすぎて、この混沌とした場にはそぐわない発言だった。

剛籟坊が雪宥に顔を寄せ、匂いを嗅いだ。

「アマツユリの匂いが濃いな。見事に天狗に変わっている。俺が転成させたのだろうが、残念ながらいくら考えても、思い出せん。土岐家の縁者か？」

雪宥は頷いた。

やはり、悪戯などではなさそうだ。不動山に棲んでいること、アマツユリと土岐家の関係については覚えているらしい。

「ととさまぁ……」

六花がぐずるように剛籟坊を揺すった。

「なぜお前の名を六花としたか、わかったぞ。母の名を一文字もらったのだ。雪宥、どうしてお前は反対した？」

「どうしてって……」

初めての息子は剛籟坊に似せてくれると、剛籟坊が約束したからだ。剛籟坊の容姿で六花なんて、可愛すぎると思ったから。

どちらに似せるかで長年揉めて、雪宥の希望を叶えてくれたと信じていたのに、生まれてきたのは雪宥に似た子だった。剛籟坊はそれを知っていたから、顔と名前が合ってない子になるじゃないかと雪宥が反対しても、己が意見を曲げなかったのだ。

その数十年にも亘るやりとりを、最終的に剛籟坊が雪宥を騙《だま》していたという結末を、一から説明しなくてはならないのか。

ぐらりと視界が揺れて倒れそうになった瞬間、雪宥は剛籟坊の腕のなかにいた。足はもはや地についておらず、しっかりと抱き上げられている。

いつもどおりの片腕での縦抱きだ。しかも、抱き方に躊躇《ためら》いがなかった。これで、雪宥と六花を忘れているなんて、信じられない。

雪宥は剛籟坊の胸倉を摑み、両目を覗きこんだ。

「剛籟坊、本当に覚えてないの？　俺を天狗に変えてくれたのも、六花を授けてくれたのも剛籟坊じゃないか。この二ヶ月は二人で子育てをして、大変だったけど毎日楽しかったよね？　俺はもともと人間だから、天狗の子育てがよくわからなくて戸惑うばかりだった。剛籟坊がいてくれたから、ここまで来られたのに！　六花が旅立つのは寂しいけど、俺たちはずっと一緒だって、絶対に離れない、離れられないって言ったの、覚えてるだろ？」

期待をこめて、縋るように訊いた雪宥に、剛籟坊は首を横に振った。

「……すまん」

「……」

青天《せいてん》の霹靂《へきれき》に、雪宥の頭のなかが真っ白になった。

なにがどうなっているのかわからず、なにも考えられなくなる。

「顔色が悪い。どこかで休もう。ここは誰の山だ？」

自失している雪宥に代わり、剛籟坊の問いには六花が答えた。

「凜海坊さまの御山だ。おれが凜海坊さまのところで修行がしたいと言ったから、ととさまとかかさまが連れてきてくれた。今日着いたばかりで、せっかくだから、三人で聞越山巡りをしてきんしゃいって、凜海坊さまが勧めてくれたんだ」

「それで、見てまわっているところだったのか。聞越山には何度か来たが、あの池は見たことがないな」

「おれがいけないんだ。すごく楽しくて、空から見た景色があんまり綺麗で、かかさまにも見せてあげたくなった。かかさまは飛べないから、おれが手を引っ張って飛んで……そしたら鷹が……おれ、びっくりしてかかさまの手を離してしまった。ととさまに気をつけろと言われていたのに。かかさま、ごめん」

六花の声で、雪宥は我に返った。

しょげかえって自分を責める六花を可哀想に思ったのか、剛籟坊は雪宥を抱いたのとはべつの手で六花も抱き上げた。

「謝らなくてもいいよ、六花。俺が咄嗟に対処できなかったのが悪い。六花も剛籟坊も、俺を助けようと飛んできてくれたんだ」

六花をなだめつつ、雪宥は剛籟坊だけが池に落ちることになった顚末《てんまつ》を説明した。

「なるほど。状況はわかった。お前たちに怪我がなくてよかった。俺がお前たちを覚えていないことについては、凜海坊どのに訊いてみなければわからんようだな。どこへ行けばいいのか……」

剛籟坊が呟いたとき、上空から大きな声が響いた。

「おおーい、剛籟坊どん！」

翼をはためかせて飛んできた凜海坊である。

池の畔に立っている剛籟坊たちを見つけると、急降下して近くに降り立った。勢いがあるためか、風圧がすごい。

「剛籟坊どんが忘却池《ぼうきゃくいけ》に落ちたと烏天狗から報告を受けての、慌てて飛んできたんじゃ。どんくらい落ちとった？」

「凜海坊どの。忘却池というのはこの池か？　俺はどうも、伴侶と息子のことを覚えていないようなのだ。理由がわかるなら教えてくれ」

落ち着き払っている剛籟坊に、凜海坊は拍子抜けしたようだった。

「なんじゃ、平然として。心配して損したわい。少なくとも、おいどんのことは覚えているようじゃの。雪宥どんと六花を連れて、一度屋敷に戻りんしゃい。ここで立ち話をしとっても、どうにもならん」

凜海坊に先導されて、雪宥は剛籟坊に抱かれたまま、六花は自分の翼で飛んで、屋敷に戻った。

驚いたことに、剛籟坊は屋敷の玄関の上がり框《かまち》に雪宥を座らせ、その前に跪《ひざまず》いて草鞋を手ずから脱がせようとした。

「ごっ、剛籟坊？　大丈夫だよ、草鞋くらい自分で脱げるから」

「俺が脱がせてやりたいだけだ」

剛籟坊は爽やかな笑みを浮かべて言いきり、手早く藁緒《わらお》の結び目を解《ほど》いた。足袋の上から雪宥の足を労わるように撫で、すぐそこの座敷まで抱いて運ぶ。

呆気《あっけ》に取られ、なすがままになっていた雪宥は、当然のごとく、剛籟坊の膝の上に乗せられそうになって、さすがに強く抗議した。

「と、隣に！　隣に座るよ！　凜海坊さまのお話を聞きたいし、六花もいるし！」

六花が行儀よく正座しているぶん、余計に気まずいのだが、雪宥がどんなにもがいても、剛籟坊はどこ吹く風だった。

「俺の膝でも話は聞ける。俺はお前と離れたくないようだ。記憶がないせいか、お前の温もりを抱いていないと不安でな。生きている心地がしない。ここにいてくれ」

「……」

そこまで言われたら、もう下りられない。

草鞋を脱がせたことといい、雪宥の名さえ忘れてしまっていたのに、これはいったいどういうことかと、雪宥は困惑も露に凜海坊を見た。

凜海坊はなぜか、得心顔《とくしんがお》で熱心に頷いていた。

「それでよか、剛籟坊どん。さすが不動山の大天狗じゃ。綺麗さっぱり忘れ去ろうと、伴侶は伴侶。命を懸けて娶《めと》った伴侶っちゅうんは、愛しいものなんじゃのう。転成の祝宴で、自分は剛籟坊どんの一部じゃから、剛籟坊どんがおらねば生きてはいけんと言った雪宥どんの言葉、おいどんはよう覚えとる。おまはんたちを見とると、おいどんも伴侶ば欲しゅうなってたまらんわい」

「あの、すみません。凜海坊さま、綺麗さっぱりって、剛籟坊はやっぱり忘れてるんでしょうか。忘却池と呼んでいらっしゃったあの池が原因ですか？」

「そうじゃった。まずは忘却池のことを説明せんといかん。忘却池はの、年に一度、躑躅が咲く季節にほんの数日だけ出現するんじゃ。名のとおり、池の水を浴びたものは、過去の記憶を忘れてしまう。忘却する記憶の量は、池の水に浸《つ》かった時間によって変わる」

雪宥は剛籟坊が池に落ちたときのことを、詳しく思い出そうとした。

「時間は、一瞬だったように思います。勢いがついていたので、全身が池に沈んだんですけど、すぐに飛びだしてきました」

「まぁ、それは剛籟坊どんに訊いてみるのが、一番正確よ。池から出てくる前の記憶は、どのあたりまである？」

「どのあたり、と改めて訊かれると難しい。年齢ははっきりとはわからん。百を超えると数えるのが面倒でな。半年ほど前、蓮生山で大天狗の集会があったのは覚えている。高徳坊どのが溶けた鉄を一気飲みし、凜海坊どのが火を噴き、銀嶺坊が舞を舞っていた」

凜海坊が腕を組んで首を傾げた。

「うーん。会合での宴会となると、たいていがそげな感じじゃ。いつの集会か、おいどんにもわからん」

「じゃあ、不動山の主になったのは何年前か、覚えてる？」

雪宥の問いに、剛籟坊ははっとなった。

「……百十五年前だ。ああ、思い出した。俺が玄慧坊さまより御山を任されたのは、二百十四歳のときだった。さすがは俺の伴侶。目のつけどころが違うな」

不老不死で何百年も生きる天狗たちは、年齢に関してはひどくアバウトだが、大きな節目になると、さすがに記憶しているらしい。

あっさりと糸口が見えて、雪宥は素早く計算した。

百十五に二百十四を足して、今の剛籟坊の脳内年齢は三百二十九歳。実年齢は四百三十九歳だから、約百十年ほどの記憶が忘却池の水に洗われてしまったようだ。

「百年程度なら問題はなかね。記憶のなくした部分は、雪宥どんに訊けば補完できよう。さほど困らんわい」

凜海坊はこともなげに言ったが、そんな簡単な話ではない。剛籟坊にしても、人生の四分の一が飛んでいるのだ。

それも伴侶を娶り、ややこを産ませるという一番大事な部分である。

「困ります、凜海坊さま！　記憶を戻す方法はないんでしょうか」

「……なかね。少なくとも、聞越山には伝わっておらん」

「そんな……じゃあ、忘却池の水に触ったものは、みんな記憶を失って、そのままなんですか？　自然に記憶を取り戻したとか、そういう例は？」

食い下がる雪宥に、凜海坊は無情に首を横に振った。

「おらん。のう、雪宥どん、おまはんが天狗に成ったときの祝にの、おいどんが贈った傷薬、覚えておろう。塗ればたちどころに傷が治る秘宝中の秘宝よ」

「はい。大事に使わせていただきました。ありがとうございました。粗忽《そこつ》ものなので、あの傷薬にはどれだけ助けられたかわかりません」

突然変わった話題に戸惑いつつ、礼を言う。

「あれはの、忘却池の水と煎じた薬草を混ぜて、おいどんが神通力で練り上げたもんよ。あの傷薬を塗れば、傷ついたということを傷自体が忘れてしまう。よって、傷が治るんじゃ。傷つく前の状態に戻ると言うてもよかね。あの傷薬はおいどんにしか作れん。使うたなら、ようわかるじゃろ。忘れたもんは忘れたまま、もとには戻らん」

「……」

驚いて、言葉が出てこなかった。

聞越山独自の特殊なものを原材料にしているようだと、剛籟坊から聞いていた。まさか、忘却池の水が混ざっていたとは。

すでに使いきってしまったので、駄目もとで少し譲っていただけないか、訊ねてみるつもりだったが、原材料を知ってしまうと怖くて、二度と使えそうにない。

剛籟坊が雪宥を抱き締めながら言った。

「凛海坊どの、他山のやりかたに口を挟むのは本意ではないが、秘宝の材料ともなる記憶を失わせる危険な池を、なぜそのままにしておいたのだ。落ちたのが俺だからよかったものの、雪宥が落ちていれば、取り返しがつかなかった」

ぞっとして、雪宥は身を震わせた。

百年も生きていない雪宥なら、すべてを忘れている。

己《おの》が名前どころか、人間なのか天狗なのか、存在の位置するところすら思い出せず、苦しむことになっただろう。

いや、苦しいという気持ちが生じるだけの、感情の基盤は残っているのだろうか。

「いやいや、そのままになんぞ、しとらんわい。さっきも言うたように、あの池が姿を見せるんは一年のうち多くて三日。少なか年は半日で消える。いつ現れていつ消えるのか、おいどんにも読めん。じゃが、監視は怠《おこた》っておらぬし、池が出現すれば結界を張り、おいどん以外はたとえ獣であろうと、立ち入りできんようにしてあった。おまはんたちがどうやってあそこに迷いこんだのか、おいどんのほうが知りたいわい」

六花を真っ先に見たのは、雪宥だった。

雪宥に釣られ、剛籟坊と凜海坊も六花を見た。

三人の視線の集中砲火を浴びて、六花は慌てた。

「お、おれ？　おれはなにも……」

「滝裏の洞穴の出口で、一人で待ってる間に、なにかしなかった？」

「空を飛んで下を見下ろしたとき、なんかきらきらしたものが見えたんだけど、よくわかんなかったんだ。降りようとしても、なにかが邪魔して通れなくて。それでちょっと、エイヤッて力をぶつけてみたら、霧が晴れるみたいになって……池が……。綺麗だったから、かかさまにも……」

たった八歳の子どもでも、生まれ持ったその神通力は強大で未知数だ。

産声で山を揺らすほどの力は自制しなければならない、誰かを傷つけたりなにかを壊したり、大変なことになってしまうから、と剛籟坊と二人で言い聞かせてきたし、六花も自分の力を認識して、言いつけに従っていると思っていた。

剛籟坊も雪宥も、六花の好奇心について考慮していなかった。

長寿の凜海坊の力も強く、相対すれば、六花を抑えることはできるはずだ。しかし、聞越山のすべての結界を、対六花仕様にはしていなかっただろう。

雪宥は剛籟坊の膝から下り、正座をして凜海坊に頭を下げた。

「申し訳ありません。凜海坊さまが張られた結界を、六花が破ってしまったようです。お招きいただいておきながら勝手なことをして、なんとお詫びすればいいか……」

「り、凜海坊さま……ごめんなさい」

母の姿を見て、六花も慌ててそれに倣《なら》った。

「頭を上げんしゃい。おまはんたちが来るのはわかっとった。念を入れ、結界の強化を怠ったおいどんにも責はある。それに、子天狗は失敗のひとつやふたつ、いや百や二百、絶対にするもんよ。むしろ、六花が一人で水浴びでもして遊ばんでよかったわい」

「……！」

その可能性が低くはなかったことに気づき、雪宥は思わず六花に手を伸ばした。

六花も泣きそうな顔で、雪宥の膝に掻きついてくる。ハイスピードで育っただけに、その短い間の記憶は濃密でかけがえのないものだ。

「けども、忘却池のことは内密にしてほしかね。あの池は特殊すぎる。知るもんは、少なければ少ないほどええ」

凜海坊は少し声を落として言った。

「もちろんです。誰にも言わないとお約束します」

雪宥と六花、それに剛籟坊も頷いた。

「うむ。しかし、おいどんの結界をエイヤッで破るとは、六花の力はおもしろか。六花に修行をつけてやれること、おいどんは楽しみにしとる。今一度、忘却池の結界を張りなおし、六花が破れるかどうか、試してもらおうかの」

「はい。六花、行けるか？」

忘却池の危険性を考えると、早急に結界を張りなおしたほうがいいだろう。六花も雪宥の膝から離れ、きゅっと小さな両手を握って頷いた。

「うん。凜海坊さまと行ってくる」

「剛籟坊どんは雪宥どんから、ここ百年の記憶について教えてもらうとよか。屋敷の中庭には温泉もあるで、ゆっくり浸かって落ち着きんしゃい」

凜海坊は六花を連れて、屋敷を出ていった。

二人で残されて、雪宥は気もそぞろに髪を掻き上げた。

雪宥を忘れてしまった剛籟坊と、どんな態度で接すればいいのかわからない。

沈黙のなか、緊張で荒くなってくる自分の呼吸の音がうるさく感じられ、静かに深呼吸を繰り返す。

顔を合わせないように、でも、視界の隅《すみ》には入れていた剛籟坊が突然立ち上がった。

「湯を使わせてもらおうかと思う。忘却池の水に浸かって、なにやら心地が悪いゆえ」

「そ、そうだね」

「お前も一緒に入るか？」

「あ、あとで！　あとで入ります！」

なぜか、敬語で返してしまった。

外見も声もなにも変わっていないけれど、醸しだす雰囲気や向けられる視線が覚えているものと違う。

剛籟坊は強引に一緒に入ろうとは勧めず、中庭にあるという温泉に向かった。

一人になると、雪宥はため息をついて脱力した。寝転びたかったが、剛籟坊がいつ戻るかわからないので、部屋の端の柱にもたれ、足を投げだして座る。

剛籟坊とともに暮らした五十九年という年月に思いを馳《は》せる前に、百十年前の剛籟坊について考えてみた。

不動山の主として、土岐家の直系子孫が代々作るアマツユリを食べ、神通力を蓄えていたのだろう。雪宥が生まれる三十一年前だから、雪宥の父もまだ生まれていない。剛籟坊が認識している土岐家の当主は、曾祖父かもしれない。

曾祖父がどんな人だったのか、祖父に兄弟がいたのか、祖母はどこからお嫁に来たのか、雪宥は知らなかった。

天狗は人間とは関わってはならないと、口を酸っぱくして雪宥に言っていたこともあり、剛籟坊は一貫して、人間界や土岐家について詳しく語らず、雪宥が人間だったころのことも忘れろと言いつづけてきた。

それでも、土岐家の歴史くらい教えてもらっていてもよかった。雪宥で途絶えてしまった、不動山の天狗のために存在した一族のことを。

雪宥は天狗に転成し、人間の家族のことは過去にして、剛籟坊と新しい道を歩んでいくと決意したのだから。

「雪宥」

「……！」

雪宥は飛び上がった。

稲妻模様の黒い着物を着た剛籟坊が、部屋の入り口に立っている。

「そう怯《おび》えるな。取って食いはせん。湯を使うなら、行ってこい」

「……はい」

「廊下を三回曲がった先が中庭だ。着替えは俺が用意しておいた」

「ありがとう。行ってきます」

心の整理がつかず、敬語のまま、雪宥は説明してくれる親切な剛籟坊の横を、そそくさと通り過ぎた。

言われたように廊下を三回曲がると、中庭に出た。真ん中に木造の湯屋があり、雪宥は脱衣所で旅装束を脱ぎ、岩で囲われた湯船に浸かった。

普段、雪宥が一人で風呂に入ることはない。いつも剛籟坊と一緒だった。六花が産まれてからは三人で入っていたので、突然独りぼっちになると寂しかった。

これからどうなるのか、不安でたまらない。雪宥を愛してくれていた剛籟坊は、どこにもいないのだ。

救いがあるとすれば、草鞋を脱がせたり膝に乗せたりと、初対面の雪宥に対して好意的だったことだ。

しかし、記憶がなくても、剛籟坊は雪宥を伴侶、六花を伴侶に産ませた我が子だと認識していたから、伴侶への礼儀としてそうしていたのかもしれない。

育んできた愛情や、二人で積み重ねてきたものを雪宥の視点で語ったとき、剛籟坊がどんな反応をするのか、考えるのが怖かった。

このまま逃げだしたい気持ちを堪え、風呂から上がって服を着た。剛籟坊が用意してくれたという着物は、紺地に雪花模様を散らした上品なものだ。

部屋に戻ると、剛籟坊が眩しそうに雪宥を見て言った。

「思ったとおり、その色は白い肌によく映える。お前は本当に美しいな、雪宥」

「……」

先制パンチを食らったようだった。

本当にこれで記憶がないのだろうか。何度か思ったことを、また思う。

返事に困って敷居のところで突っ立っていれば、腰を上げて近づいてきた剛籟坊がそっと雪宥の手を引いて部屋に入れ、襖を閉めた。

剛籟坊はやはり、座る際に雪宥を膝の上に乗せようとした。少し抵抗してみたけれど、断固として行動する剛籟坊を思いとどまらせることはできない。

収まりのいい場所を探して膝の上でもぞもぞしていると、剛籟坊が雪宥の肩口に顎を乗せ、沈んだ声で訊ねた。

「お前は俺の伴侶だ。それは間違いない。俺はもしや、お前を強引に奪ったか？　お前を欲するあまりに、お前の気持ちも訊かず無理やり俺のものにして、ややこまで……」

「違うよ！　俺は剛籟坊の伴侶にしてもらえて嬉しかった。六花も、俺が欲しがったんだ。剛籟坊のややこを産みたくて」

「なら、なぜそんなふうに身体を固くしている。見ず知らずの男に抱かれたみたいに」

「……剛籟坊が俺のこと、覚えてないからだよ」

雪宥は拗《す》ねたように言った。自分のことを知らない相手に甘えられる厚かましさは、持っていない。

「では、俺が忘れてしまったことを教えてくれ。俺とお前が出会ったのはいつだ？」

「初めて会って、話をしたのは俺が六歳のとき。今から七十三年前になるのかな。俺の父は若いころに不動村《ふどうむら》を出て結婚して、俺は村の外で生まれたんだ。でも、剛籟坊はたぶん、俺が生まれたときから俺を知ってたと思う。俺は土岐家最後の直系男子だから」

「最後。アマツユリはどうした」

雪宥の胸がずきりと痛んだ。

「……枯れたよ。枯らしてしまった。おじいちゃんがあんなに大事にしてたのに」

祖父が生涯慈しみ、愛しんで守った広い花畑。咲き誇って真っ赤に染まったアマツユリが一輪残らず枯れ果て、茶色い土が剝きだしになっていた光景は今でも思い出せる。

「祖父の名は？」

「勇臣《いさみ》」

「俺の知っている勇臣は、昨年嫁を娶ったぞ。子はまだだ。花作りが性に合うのか、勇臣の父よりいい花を咲かせる」

雪宥は膝の上で身を捻り、剛籟坊の顔を見上げた。

「おじいちゃんに会ったことある？」

「俺はよく見ているが、勇臣に俺は見えんだろうな」

「おじいちゃんでなくても、土岐家の直系男子が御山に入って、天狗の結界を越えたことはないの？」

「俺が知っているかぎりはない。お前は迷いこんだのか？　六歳のときに」

「六歳と、二十歳のときと二回。六歳のときは剛籟坊が家に帰してくれた。二十歳のときに俺は剛籟坊の伴侶になった。アマツユリが枯れて、俺が花の代わりになったんだ」

二十歳の帰郷は祖父の葬儀のためだったこと、父は七歳のときになくなったこと、母の再婚によって新しくできた家族と諍《いさか》いをして不動山に入り、天狗の結界を偶然越えてしまい、人間界には戻れなくなったこと、剛籟坊の伴侶になったことを雪宥は訥々《とつとつ》と話した。

喉が渇いてくると、剛籟坊が爽やかな喉越しの茶を、神通力で出してくれた。

「不動山はどうなっている？」

「契約がアマツユリから俺に変わったとき、かなり荒れたみたい。でも、剛籟坊が守護に全力を注いだから、今は鎮まってる。天狗たちも狐や熊、御山の動物たちも、幸せそうだよ。安全で平和に暮らせるのは剛籟坊のおかげだって感謝してる」

「俺の力は伴侶のお前あってのものだ。お前も頑張ったな」

剛籟坊は褒めてくれたが、雪宥はうなだれた。

「俺はそんなに役に立ってない。伴侶になった初めのころは剛籟坊と喧嘩して怒らせたり、勝手なことをして手を焼かせたりした。無知で、自分の役目のことをわかっていなかった。剛籟坊はいつだって優しくて、俺のことだけを考えてよくしてくれていたのに、それを知ろうとしなかったんだ」

「俺が怒った？　それはきっと、お前の勘違いだ。お前になら、手を焼かされても俺は嬉しく思うだろう。お前が気に病むことはないし、その勘違いを改めろ」

雪宥は一瞬ときめいて、次にせつなくなった。

「……俺のこと覚えてないくせに」

「覚えてはいないが、わかる」

「なにがわかるんだよ」

「俺がお前を愛しく思っていることだ」

「なんでわかるんだよ」

「お前が可愛いからだ」

「……なんだよ、それ」

いかにも剛籟坊らしい、理由になっていない答えがおかしくて、雪宥は笑いだした。

剛籟坊はなぜ、雪宥が笑っているのかわからないようだった。

ただ、雪宥が楽しそうにしているだけで、彼自身も楽しそうな顔になる。

雪宥の気が少し楽になった。理由は定かではないが、剛籟坊は雪宥を可愛く感じ、愛しいと思っているらしい。

お前をなぜ伴侶にしたのかわからない、などと言われずにすんでよかった。

「でも、剛籟坊も驚いたよね。気がついたら伴侶と子どもがいたなんて」

「嬉しい驚きだったぞ。六花は七歳くらいか？」

「八歳になったところ。昨日までは不動山の天狗館にいて、剛籟坊が俺の胎《はら》から取りだしてくれたのは二ヶ月前なんだよ」

「どうして、修行の地に聞越山を選んだ」

雪宥は感情をこめずに言った。

「凜海坊さまの胸毛と火吹きがよかったみたい。六花が三歳のとき、誕生のお祝いに、高徳坊さまと二人でうちに押しかけてきてくださって、そのときに見たんだけどね」

「お前も凜海坊どのの胸毛を見たのか？　どのあたりまで見た？」

「俺は見てないけど、気になるのはそこなの？」

「見ていないなら、それでいい」

「……。六花は凜海坊さまに鍛えてもらって、ととさまより恰好いい天狗になるって張りきってるよ。火を噴いて、胸に毛を生やして、男になって帰ってくるらしい」

「火を噴くくらいは俺にもできるぞ」

「俺が言いたいのはそこじゃない」

「もしやお前も、俺より凜海坊どののほうが恰好いいとでも……」

「俺の一番は剛籟坊だよ！　剛籟坊ほど恰好いい大天狗はいないよ！」

「そうか、それはよかった」

「……うん」

すべてがずれていて、どこから出発してどこへ着地したのかまったく不明だったが、軌道修正する方法もわからず、雪宥は釈然としない思いでとりあえず頷いた。

一番と断言されて機嫌をよくした剛籟坊が、雪宥の身体を抱き締め、そっと揺すった。

「凜海坊どのと六花が戻ってきたら、暇《いとま》をしようと思う」

「え？　今日のうちに？」

「ああ。急ぎ不動山に帰り、自分の目で見て確認しておきたいゆえ」

「そっか。そうしたいよね……」

父に忘れられた六花を置いて帰ることに不安はあるけれど、修行をやめさせて不動山に連れて帰ったところで、剛籟坊の記憶が戻るわけではない。

剛籟坊だって、いくら雪宥が大丈夫だと言っても、不動山の様子が気になって当たり前だ。主の彼には、御山に棲まうものたちを守護する義務がある。

「聞越山に泊まりたいか？」

「ううん。剛籟坊の言うとおりにしたい」

雪宥にできるのは、それだけだ。

「可愛いことを言う。俺は得がたいものを得たようだ」

剛籟坊が首を伸ばし、雪宥の頬に軽く口づけたとき、凜海坊と六花が屋敷に戻ってきた。

「ただいま！　ととさまとかかさまは、なかむちゅ、なまむ、なか、む……つまじくしているか！　しているようだ。よかった！」

部屋に飛びこんできた六花が、剛籟坊と雪宥を見て、ほっとしたように言った。蒼赤がよく使う、仲睦まじくという言葉がうまく言えないのだ。

その言葉に秘められた、いやらしい大人の事情のあれやこれやまではわかっていないと信じている。

凜海坊が雪宥たちの前にどっかりと座って胡坐を掻いた。

「結界は張りなおしたが、忘却池はご機嫌が悪いようでの、今晩中には消えてしまいそうじゃ。傷薬の錬成を急がねばならん。剛籟坊どんと雪宥どんは、これからどうするね？」

「不動山に帰るつもりだ。心配は六花のことだが」

「六花はおいどんに任せるとよか。御山あっての大天狗よ、剛籟坊どんの気持ちはようわかる。はよう帰りんしゃい」

「六花もそれでよいか」

「……はい。ととさま、かかさま、おれ、頑張って修行に励む。忘却池のこと、ごめんなさい。おれ……」

泣きそうになっている六花を手招きし、剛籟坊が頭を撫でた。

「反省は必要だ。母を危険に曝すこと、これは絶対によくない。そして、他山の結界をむやみに破るな。だが、お前はまだ幼く、一度失敗したのだから、これから学べばいい。凜海坊どのならお前を正しい方向へ導いてくれるだろう。お前の力は強い。それゆえ、使い方を誤ってはならん。わかるな」

「はい」

「俺の記憶はべつになくてもかまわない。雪宥にお前を産ませた、その事実だけで、俺がどれだけ雪宥を愛し、お前を大事に思っていたかわかる。お前たちと共有できる記憶がなくなったことは寂しいが、これから思い出は作っていける。だから、そんな顔をするな」

「ととさま……」

「笑って、母を安心させてやれ。俺より強くて恰好いい天狗になるのだろう？」

「うん……！　おれ、誰より上手に火を噴く。滝も上手に登れるようになる。胸の毛だってフサフサになって、かかさまの手を引いて飛ぶときは、もう絶対に死んでも離さない！　だから、おれの帰りを待っててくれ」

精一杯の笑顔を作って決意を語る息子を、雪宥は頼もしく見つめ、何度も頷いた。頷けないところも一部あったが、こうなったら、なるようにしかなるまい。

どんな姿になっていようと、得意とする芸がなんであろうと、雪宥が産んだ子だ。

「待ってるよ、六花。不動山で剛籟坊とお前の帰りを待ってる。凜海坊さまのおっしゃることをよく聞いて、頑張るんだよ」

「かかさま」

雪宥が両手を差しだすと、六花は飛びこんできて、ぎゅっと抱きついた。

八歳の六花を抱き締めるのは、これが最後だ。修行期間は天狗によって違うそうだから、何年後に帰ってくるかわからない。

六花のふわふわした髪に、雪宥は鼻先を埋めた。

6

聞越山から帰ってきた剛籟坊は、まず不動山全域を見てまわりたいと言い、休憩もせずに烏天狗の白翠《はくすい》を連れていってしまった。

雪宥は天狗館で留守番である。

「俺のことを覚えてなくても、剛籟坊ってやっぱり剛籟坊だ。優しいんだけど、俺の言うことを聞いてくれない。甘やかしてくれるけど、絶対に折れてくれない。最近は減ってたけど、すごく命令する。俺も一緒に行きたかったのに！」

蒼赤に着替えを手伝ってもらいながら、雪宥はぶつぶつ文句を言った。

剛籟坊は白翠、長尾《ながお》、青羽《あおは》を側近としてよく使い、蒼赤には雪宥の身のまわりの世話を任せている。

全員が百十年以上前から剛籟坊に仕えていたので、自己紹介から始める必要がない。剛籟坊は現状を受け入れ、動揺をまったく見せなかったし、状況を説明された烏天狗たちも、落ち着き払った剛籟坊がそこにいれば、なんの問題もなさそうだった。

『俺は白翠と御山を確認してくる。雪宥は蒼赤と待っていろ。天狗館から一歩も外へは出るな。すぐに戻る』

剛籟坊はそう命じ、雪宥が反論する間も与えずに出ていってしまった。

帯を結び終えた蒼赤は、かつんと嘴を鳴らした。

「案内にはやはり白翠が適任かと。剛籟坊さまも、詳しく把握なさっておきたいとお考えでしょうからな。雪宥さまではご説明できますまい」

たしかに、雪宥には百十年のうちに不動山がどのように変わったか、わからない。

大滝や、古代の岩が露出した渓谷、山間の湖など、景観の美しい場所なら剛籟坊に何度も連れていってもらったけれど、災害に見舞われた地域への同行を許されたことはなかった。

大事な伴侶を危険なところへは連れていきたくないと、剛籟坊が言ったからだ。

それに、自由に飛ぶことができない雪宥を連れていけば、移動のときには剛籟坊の手を煩わせることになる。白翠と二人で行ったほうが素早く動けるし、気も使わずに、確認も早くすむ。

「わかってるけど、離れたくなかったんだよ。まだまだ話し足りないこともあるし、一緒にいたら、なにか思い出すかもしれないし」

雪宥は唇を尖らせて言った。

記憶を取り戻すすべはないと凜海坊に言われたものの、そうですかと納得して諦めることはできなかった。剛籟坊も不動山を統《す》べる、絶大な神通力を誇る大天狗なのだし、奇跡が起こってもいいではないか。

「お二人でお話しする時間はたっぷりとございますよ。本当に、じきにお戻りになられましょう」

「俺だけ天狗館に置いて、剛籟坊たちは人間界でいろいろ見てるんだろう。そういうのも腹が立つ。俺がここで一時間過ごせば、剛籟坊は人間界で二日ちょっと過ごしたことになるんだよ。そりゃ、早く確認したい気持ちはわかるけど、俺をここに置いていかなくても」

「……うっ」

蒼赤が烏頭の目頭を押さえたので、雪宥は胡乱《うろん》な目つきで見た。

「なに？　目が痛いの？」

「違いますぞ。剛籟坊さまとかたときも離れず、仲睦まじくなさりたいと声を大にして訴えられるそのお姿に感動するあまり、涙が。六花さまがいらっしゃると、やはり六花さまを優先してしまいがちですからな。剛籟坊さまもさぞ、お喜びになられるでしょう」

「どうだろう……。今の剛籟坊には六花を育てた記憶もないのに。六花どころか、俺と過ごした記憶もない。俺のことをなにも知らない……」

「雪宥さま。そのような沈んだお顔をなさらずに、ここはひとつ、雪宥さまが過去にしでかしておしまいになった消し去りたいほどの情けない行動、恥ずかしい言動、言いつけを破っておかけしたご迷惑なども、剛籟坊さまは覚えていらっしゃらない、という点に注目なさってはいかがですかな？」

「……！　お前、たまにはいいこと言うね。そうだ、そうだよ。転成のときの宴で、烏天狗の耳栓で俺が笑えなかったこと、剛籟坊は覚えてないんだ」

「もちろん、その直後に身も凍るような残酷な冗談をお口にされ、みなさまを震え上がらせたこともお忘れでしょう」

「内緒にしておいてよ、蒼赤。ことさら剛籟坊に対して隠し事をするつもりはないけど、あれはべつに言わなくてもいいことだよね」

「剛籟坊さまからお訊ねがあらば、嘘は申せませぬ。この蒼赤、素直で正直が取り柄でございますゆえ」

「……」

食えない烏天狗と雪宥はしばし睨み合ったが、すぐに笑いだした。

蒼赤のわざとらしい泣き真似の小芝居や、むかつく物言いを聞いていると、ほっとした。雪宥が馴染《なじ》んでいた世界に、帰ってきたのだという気がする。

聞越山での六花の様子などを蒼赤に話して聞かせているうちに、剛籟坊が帰ってきた。

主のみが出入りできる最上階の露台から雪宥たちがいる部屋へやってくると、剛籟坊は満足そうに頷いた。

「おとなしく待っていたようだな」

剛籟坊にすれば四日ぶりでも、雪宥にはたった二時間ほどしか経っていない。

「待ってろって剛籟坊が言ったんじゃないか。俺もついて行きたかったのに。御山はどうだった？」

「問題ない。すべて把握した。次はこの館だ。雪宥、お前が案内してくれ」

「……わかった」

複雑な顔で、雪宥は了承した。

雪宥を伴侶に迎えたときに、それまで四層だった天狗館を六層に造り替えたのは剛籟坊である。しかし、彼はそれを覚えておらず、帰り着いた自らの居城がすっかり様変わりしているのを見て驚いていた。

驚くといっても感情の起伏が出にくい剛籟坊だから、ほう、と一言漏らしただけで、雪宥に訊ねることもなく、露台へと真っ直ぐ飛んでいった。増築前もあとも、主専用の出入り口は変わっていなかったのだろう。

五十九年前にもそうしてくれたように、剛籟坊は雪宥を抱き上げ、廊下に出た。一階まで下りてから、順に上がっていくことにする。

「このへんはあんまり変わってないんじゃないかと思うけど、一階は来訪者を取り次ぐ控えの間がある。二階は木っ葉天狗たちが使う部屋があって、三階は大道場になってる。四階は大広間と、回廊の奥に書庫があるよ。書庫は俺のお気に入りの場所。この大広間には、名前がついてる。剛籟坊が考えてくれたんだよ。なんだと思う？」

大広間の襖を開けて、雪宥は剛籟坊を見た。

「きっとお前の名にちなんだ名称だろう。そうだな、――雪花の間、とでもつけたか」

「……！　正解！　もしかして思い出した？」

「残念だが」

一瞬、色めき立った雪宥だが、すぐに落ち着いた。

三百二十九歳ともなれば、剛籟坊の思考回路はすでに完成されている。息子に六花と名づけた例を踏まえても、答えは容易に導きだせるだろう。

「ごめん。そう簡単に思い出したりしないよね。俺が天狗に転成したとき、大天狗の方々をお招きして、お披露目の祝宴をここで開いたんだ。大天狗が伴侶を娶ったのは何百年かぶりの慶事だそうで、高徳坊さま、凛海坊さま、光輝坊さま、八尺坊さま、東犀坊さま、……銀嶺坊さま、慈栄坊さま、翠漣坊さまがそれぞれお供の天狗たちをたくさん連れて集まってくださってね、三日もつづいた大宴会だった」

「五国岳からは翠漣坊か。では、代替わりをしたのだな」

「いつ代替わりをなさったのか、俺は知らないんだ」

「お前はどのくらいで転成した？」

「人間界の時間では二十年だけど、ずっと天狗館にいたから実際は百四十日だね」

雪宥が襖を閉めると、剛籟坊も歩きだした。

烏天狗たちの部屋がある五階を覗き、六階の自分たちの部屋に戻ってきたが、案内はまだ終わらない。

「そっちの襖は、人間界に作ってくれた俺の修行場の庵《いおり》につながってる」

雪宥は御山から見下ろしたアマツユリの花畑の模様が描かれた襖を示し、次に、アマツユリのみが大きく描かれた襖を差して言った。

「で、こっちの襖の向こうには箱庭がある。転成途中の俺が安全に過ごせるよう、剛籟坊が造ってくれた。四十一歳で修行を始めるまで、俺はほとんど箱庭にいたかな」

「では、その箱庭へ行ってみよう」

剛籟坊は雪宥を抱いたまま襖を開け、箱庭へと通じる結界を抜けた。

屋敷に入ると、馴染んだ空気に包まれる。

「六花はこっちで産んだんだよ。産声や夜泣きで御山を揺らして大変だった。六花はすぐに浮き上がろうとする子で、天井だって何度ぶち破っ……」

六花のことを話していた雪宥の声が、途中で切れた。

座敷に布団が敷いてあったからだ。太陽は西に傾いているが、外はまだ明るく、就寝の支度をする時間ではない。

ぎくしゃくしている主と伴侶を、手っ取り早く仲睦まじくさせようと画策する烏天狗の仕業だろう。

「ね、寝るには早すぎるよね！　なんで布団なんか敷いたんだろう、話はいっぱいあるし、いったん片づけようか！」

雪宥は動揺して言った。

セックスのことなんてこれっぽっちも考えていません、という体《てい》を装いたかったのだが、顔が赤くなってしまった。不意打ちでなんてことをするんだと、蒼赤を心中で罵《ののし》る。

腕のなかでもがき始めた雪宥を布団の上に座らせ、剛籟坊はすぐ隣で胡坐を掻いた。

「雪宥」

「……うん」

「俺はお前が欲しい。伴侶の精は俺に力を与えてくれるのだろうが、そんなことはどうでもいい。お前を抱きたい」

ストレートに迫られて、雪宥はたじろいだ。

「俺を覚えていないのに、そう思うの？」

「忘却池から飛びでた瞬間、なにか大切なものを池に落としてきてしまった気がした。もう一度池に潜って取り戻してこようかと考えたくらいだ。だが、お前を見たとき、安堵《あんど》した。俺はなにも失っていない。お前さえこの手に摑んでおけば、なにも問題はないと。どうだ、俺の考えは間違っているか」

剛籟坊に肩を抱かれて、おとなしく身を任せる。

安堵しているのは雪宥のほうだ。突然降って湧いた伴侶を、そう言って求めてくれるのは嬉しい。

記憶はなくなっても、感情の欠片のようななにかしらが、剛籟坊の身に沁みついているのかもしれない。これから雪宥と過ごすうちに、少しずつでも二人のことを思い出してくれないだろうか。

「間違ってないよ。俺は剛籟坊のもので、剛籟坊がいないと生きていけないんだ。剛籟坊が池に落としたものは俺が持ってるから」

「雪宥、お前は本当に可愛い」

剛籟坊の顔が近づいてきたと思ったら、唇を奪われていた。

記憶喪失後に交わした、初めてのキスである。重なった唇は温かく、薄く開いていた口のなかに、遠慮もなく舌が入ってきた。

雪宥は素直に受け入れ、舌を差しだして歓迎した。舌と舌を擦り合わせ、溢れる唾液を啜《すす》り合う。

剛籟坊が唇を重ねたまま片腕で雪宥の腰を抱き、もう片方の手で胸元をまさぐってきた。単衣《ひとえ》の上から乳首を探りだされ、布ごときゅっと摘まれる。

乳頭から出たものが、布を濡らしたのがわかった。

「……んっ！」

雪宥は唇をもぎ離し、身を捩《よじ》った。

剛籟坊も驚いたのか、乳首から指を離したものの、濡れて色の変わった布地を凝視し、雪宥が手で押さえて隠そうとするのを阻止している。

「これは……乳が出るのか」

「り、六花を産んだばかりだから……！」

「だが、あれはもう八つだろう。まだ吸わせていたのか」

「まさか！　六花は一歳くらいで……」

そこで剛籟坊はぴんときたようだ。

「俺か」

雪宥は視線を泳がせた。剛籟坊以外の誰がいるというのだ。

六花の授乳は一週間ほどで終わったが、いきなり母乳が止まるわけではない。独占できるようになった乳首を、剛籟坊は毎日嬉々として吸いつづけた。

母乳をよく出すという花の蜜はもう食べていないのに、雪宥の身体は乳を作る。剛籟坊が吸うからだ。

当たり前のようにそのことを受け入れていたけれど、改めて考えてみると、ものすごくマニアックなプレイをしている気になった。

記憶がないのをいい機会にして、断乳を勧めるべきか。

そう考えたとき、剛籟坊の吐息が顔にかかり、濃厚なキスをされた。舌で口内を激しくまさぐられ、溢れた唾液が顎に伝う。

それを指で拭《ぬぐ》いながら、剛籟坊が囁いた。

「お前の身体を見せてくれ」

「ん……」

小さく頷けば、帯を解かれ、単衣を肩から落とされた。いつでも剛籟坊の求めに応じられるよう、単衣の下にはなにも身に着けていない。

聞越山への行き帰りには、剛籟坊が貞操帯をつけてくれていたが、先ほど着替えたときに外している。雪宥も神通力の使い方が上達し、固定は無理でも、外すだけならできるようになっていた。

だから、剛籟坊は貞操帯の存在を知らない。聞越山で湯を使ったときも、雪宥は一人で入って発覚を免《まぬか》れた。

貞操帯をしているところを、見られたくなかった。今は、まだ。

全裸の雪宥を布団に仰臥させ、剛籟坊は隅々まで舐《な》めるように見つめている。

「真っ白だな。どこもかしこも美しい。子を産んで、変わったところはあるか」

雪宥は自分の身体を貧相だと思っていて、自信がない。それだけに、褒められるとほっとした。

「乳が出るようになったくらいで、それほど変わってないと思う」

剛籟坊の視線が乳首にひたと当てられた。

「これがお前の乳首か。色も形も愛らしい。息子に吸わせたとき、俺は妬いただろうな」

「……うん。貸してやってるだけだって」

雪宥はもじもじと身体をくねらせた。

聞越山への往復で四日は剛籟坊に抱かれていない。雪宥の飢えの限界は三日だったが、空腹はいっさい感じなかった。

ややこを産んで、雪宥は本当に飢えから解放されたということを、期せずして確認できたことになった。

しかし、生命活動上の飢えはなくとも、性行為上の飢えはある。むしろ、そちらのほうが切実だった。もともと三日に一度どころか、ほぼ毎日抱き合っていたのである。

剛籟坊に見られているだけで、乳首の先がじんと疼《うず》き、乳汁が滲んだ。

「濡れてきた。いやらしいな」

「ひっ！」

敏感な乳頭を人差し指でちょんとつつかれ、雪宥はびくんと震えて顎を上げた。

そのまま摘み上げるとか捏ねまわすとか、もっと強く刺激してほしいのに、剛籟坊の指は無情に腹のほうへ下がっていく。

へそをくるりと撫で、腰骨の形を確かめ、下生えを軽く引っ掻いた。

雪宥の陰茎は早くも半分ほど勃ち上がり、なおも膨らんでいく。獲物を捕らえた肉食獣のような目で、剛籟坊がそれを見ている。

「うまそうだ。俺の至宝だな。匂いもいい」

「い、や……っ！」

陰茎の先端に高い鼻を寄せられ、匂いを嗅がれた瞬間に、完全に勃起した。荒くなった呼吸を落ち着かせようと、雪宥は片手の甲を口元に当てた。

視線を下げれば、腹につくほど反り返った屹立《きつりつ》の根元を剛籟坊が指で摘み、じっくりと眺めている。

「やだ、見るなよ……」

雪宥の目に涙を滲ませたのは羞恥で、陰茎の先の穴から先走りを滲ませたのは、まぎれもない興奮だった。

興味津々な仕種は、初めて肌を合わせる男のものだ。雪宥まで釣られて、初めてのような気分になる。

「どこから味わうべきか迷うが、やはりお前の蜜の味が知りたい。性急すぎると笑うか」

雪宥は黙って首を横に振った。そうしてほしかった。

雪宥の味を知り、雪宥だけが剛籟坊を満たせるのだと、実感してほしい。

剛籟坊が摘んだ性器を手の平で握りこみ、あやすように擦り上げた。親指の腹が、括《くび》れを弾く。

「あっ」

腰が跳ねて、行儀よく閉じていた両脚が緩んだ。太腿の間に剛籟坊の膝頭が割って入り、身体ごと押しこんでくる。

内股に頬擦りしてから、剛籟坊は雪宥の陰茎に口づけた。裏側に唇を押し当てて下から上になぞり上げ、先端をぱくりと咥《くわ》えこむ。

剛籟坊の口内は熱かった。溢れでる先走りがうまいのか、執拗に舐め取られ、舌先で穴までほじられて腰が揺らめく。

「あぁ、あっ、あ……ん」

雪宥は単衣を握り締め、脚を立てたり伸ばしたりして、愉悦に耐えた。

射精を我慢すればするほど、精液は濃くなって味もよくなる。我慢はつらいが、できるだけ美味しいものを飲ませてあげたい。

剛籟坊の口淫が本格的になってきた。深く含みながら、舌を絡めて愛しげに舐りまわしてくる。

「お願い剛籟坊。ゆっくり、して。先のほうとか、俺、弱い……。そんなふうにされたら、すぐにいっちゃう、から……」

濃い精液を作るため、自らの弱点を雪宥は白状した。

なのに、剛籟坊は愛撫の手を緩めるどころか、唇と手を使って激しく屹立を扱き、先端を集中的にしゃぶって一気に追い上げてきた。

「あっ、あっ！　そんなの、だめ……！」

下腹部に力を入れて必死で耐えるも、堪え性のない雪宥の我慢は風前の灯《ともしび》だ。このまま達したら、きっと薄い。

しかし、これ以上は我慢しきれるものではなく、雪宥は素直に降参した。

「あぅっ、ご、剛籟坊……、もう出る……！」

承知したとばかりに、剛籟坊は喉の奥まで呑みこみ、強く吸い上げた。

「やっ、ん、んーっ！」

それがとどめになった。

がくがくと腰が震え、高まりきった陰茎が弾ける。

剛籟坊は絶頂に強張る雪宥の太腿《ふともも》を撫でながら、吐きだされる蜜を受け止め、喉を鳴らして啜り飲んだ。

何度も舐めて、残滓《ざんし》まであまさず吸い取ってなお離れず、肉厚の舌の表面を幹に這《は》わせてじっとしている。

射精直後の陰茎の状態を確認しているのだろうと、雪宥は霞《かす》んだ頭で思った。

独占欲の強い剛籟坊は、雪宥のすべてを知っておきたがる。

剛籟坊が得心して、ようやく解放してもらえた雪宥自身は、当然のことながら元気に勃《た》ち上がっていた。

「美味いとわかっていたが、思っていた以上に美味かった。もう一度、いくか?」

「ううん。今度は剛籟坊に気持ちよくなってほしい。剛籟坊も脱いで」

上体を引き上げた剛籟坊は雪宥の言葉に男くさい顔で微笑み、衣服を取り去った。

逞しい身体が露になり、雪宥はうっとりと見上げた。引き締まった腹筋の下で、太い肉棒が雪宥に向かって勃起している。

早く尻に収めたいけれど、剛籟坊は時間をかけるつもりらしい。

「俺はお前を可愛がりたい」

剛籟坊の視線が胸元に落ちた。赤みを増して膨らみ、先に小さな白い滴《しずく》を浮き上がらせている乳首を。

マッサージでもするかのように、剛籟坊は平な胸を大きな手で揉み上げた。

「……っ、ん、んっ……っ、うぅっ」

雪宥は顎を引き、奥歯を噛んで呻《うめ》いた。

硬くしこってきた突起を親指でそっと押し上げられ、人差し指で押し下げられる。二本の指で摘まれれば、乳汁がぴゅっと飛んだ。

「待ち侘《わ》びていたようだな。今から吸ってやる」

剛籟坊が顔を伏せ、濡れた乳首を口に含んだ。

「んっ、ふぅ……んっ」

ちゅうっと音を立てて吸われ、乳が出るのがわかった。

産ませる前から授乳練習で吸いしゃぶってきた剛籟坊に比べ、ややこを産ませたことさえ忘れてしまった剛籟坊の吸い方はぎこちない。

吸われ慣れた雪宥には、そのぎこちなさが新鮮だった。

「あ、んっ、あぁ……」

雪宥は腰を浮かし、剛籟坊の背中に爪を立てた。

左右交互にしゃぶりつくうちに、こつを摑んだのか、だんだん上手に吸えるようになってきた。それでもやはり、雪宥が馴染んだ剛籟坊の舌の動きとは、少し違う。

「乳も美味いな、お前は。乳首の舌触りもいい」

「……っ、やぁ……ん」

突きだした乳頭をぴんぴんと舌で弾かれ、歯で甘嚙みされる。

強く吸引されたので、母乳がなくなるまで搾り取ってもらえると期待していたら、途中で止められ、指で挟まれて擦りつぶされた。唾液と乳汁で濡れているから、指の間から乳首が逃げて、とにかくよく転がってしまう。

陰茎がはちきれそうなほどに膨らんで、痛いほどだ。

「うぁ、あ……ぁっ、やめ……っ！」

雪宥は両手で剛籟坊の肩を叩き、脚をばたつかせて逃げようとした。

このままでは、乳首への愛撫だけで達してしまう。今の剛籟坊にそれを知られるのは、あまりにも恥ずかしい。

しかし、剛籟坊は雪宥が暴れ始めた理由などお見通しだった。

「いきそうなのか？　乳首で？」

見上げてくる剛籟坊と、目を合わせられない。

「い、いかない……。少し休ませて、お願いだから……」

「駄目だ。いかせたい。乳首でいくところを見せろ」

「いきたくない、いやだってばぁ……！」

もがく雪宥を押さえこんで、剛籟坊は口と指で両の乳首を責めたてた。

雪宥はなにをされても感じてしまい、のたうつように身悶えた。強めに摘まれたあとに優しく撫でられるとたまらない。

ついに乳を吸い尽くされ、乳頭は尖りきっている。触れるか触れないかの位置で小刻みに舌先を震わされると、愉悦が陰茎に伝わり、精液を作るところが重くなった。

剛籟坊の責めは一瞬も止まらない。堪えきれるわけがなかった。

「あっあっ、いっちゃ……、いやっ、いやぁ……っ！」

悲鳴をあげて雪宥は仰け反り、身体をがくんがくんと跳ね上げた。

達しているが、放出感はなかった。

腹の奥には熱がこもっていて、雪宥自身は張りつめたまま絶頂をやりすごしている。ヒクついている先端の穴から前触れの液体がとろとろ溢れ、幹を伝って下生えを濡らした。

「雪宥、お前……」

驚いたような剛籟坊の声と視線がいたたまれない。

射精を伴わず、乳首のみで絶頂へとのぼりつめる卑猥《ひわい》な肉体だとばれてしまった。いつまでも隠しておけるとは思わないが、せめて初日くらいは我慢したかったのに。

荒い呼吸で胸を上下させながら、雪宥はうわごとのように呟いた。

「……ご、剛籟坊が、剛籟坊のせいで……こんな。でも、俺、剛籟坊のために……」

「わかっている。無垢なお前の身体を、俺のいいように変えたのだろう。びくびく震えて、とても可愛い顔をしている。よく感じる、いい乳首だ」

「ううっ」

顔や乳首ではなく、射精しなかったことを褒め、精液が濃くなっていることに期待してほしかったが、口に出して説明する度胸はなかった。

剛籟坊はぐったりしている雪宥の頬に口づけた。

左側の乳首を一度だけ吸い、身体をひょいっと返してうつ伏せにする。

勃起した陰茎がくしゃくしゃに丸まった単衣に擦れて痛い、と思ったときには、腰を摑まれて高く掲げさせられていた。

開いた脚の間の特等席で、剛籟坊は雪宥の尻を揉みこんだ。

「愛らしいが、なんという小ささだ。俺の精をしこたま食らって、ややこまで産んだとは思えんな」

深い意味などない単なる感想だとわかっていつつも、雪宥は思わずむっとした。

小さくたって、何十年も剛籟坊を受け入れてきたし、三日三晩交わりっぱなしの子作りだって大成功だ。

剛籟坊が求めることに、雪宥はすべて応じられる。なんだってできる。早くそれを証明してみせたい。

挑むように尻を突きだすと、剛籟坊の指が谷間にかかり、左右に開いた。

「……あっ」

雪宥は小さく声をあげて、敷布に顔を埋めた。

剛籟坊によって性器に変えられた後孔を、凝視されている。雪宥自身もはっきりと見たことはない部分だ。

初見の剛籟坊は言葉もなく見入り、やおら口をつけてしゃぶり始めた。

唾液を乗せた舌が、おののく窄まりを舐めまわす。

「やっ！　や、んっ」

突きだしていた尻を反射的に引こうとして、どうにか思いとどまった。

ここで逃げたら、剛籟坊を満足に喜ばせることのできない、未熟な尻だと思われてしまう。

もっと色っぽく、大胆にふるまって、伴侶の素晴らしさを実感してもらわなくては。

思考が妙な方向に曲がっていたが、雪宥は気づかなかった。

剛籟坊が入り口の皺を舌で丁寧に伸ばし、なかまで舐めてきた。流しこまれた唾液を吸って、性交のとき以外は慎ましく閉じているそこが徐々に蕩けていく。

「あぁ、ん……」

甘えた声が出た。

色っぽく、大胆に、の二文字を念頭に置き、腰をねっとりと揺すってみたが、愛撫の邪魔になったらしく、尻朶《しりたぶ》を軽く抓《つね》って止められた。

「そう動くな。俺が味と感触を覚えるまで、じっとしていろ」

挙句にこの台詞だった。

「くっ……！」

呻いて敗北感にまみれる雪宥が差しだした尻を、剛籟坊は丹念に味わい、性交前の内側の肉の凹凸《おうとつ》やうねりを確かめた。

違いを知るために、性交後にもきっと同じことをされる。それは確信に近かった。

舌で舐め溶かしたあとは指を入れ、舌では届かない部分を探ってくる。指が増えれば、穴を広げられ、肉襞の色まで覗きこまれた。

「息を呑むほどに美しいな。俺が磨いたから綺麗になったのか、最初から綺麗なのか、どっちだ」

「……知らない」

雪宥は力なく答えた。

どっと汗が出て、腰を支えている膝が崩れ落ちそうだった。同じような行為をされたことがないとは言わないが、これはかなり恥ずかしい。

興奮状態を保っている陰茎から、前触れの滴がぽたぽた落ちている。

剛籟坊は唾液で鈍く光る内壁を、指でぐるりと撫でた。その動きについていこうと、柔肉が蠕動《ぜんどう》する。

「俺の精をたっぷり注いで、濡れたところが見たい」

「……っ」

「毎日ここを濡らして、襞のひとつひとつを伸ばしながら塗りこんでやりたい」

「……ぁっ、あっ」

雪宥はびくんと腰を震わせた。

剛籟坊が低く囁く淫猥《いんわい》な言葉からその場面を連想し、軽く達していた。指を入れたままの剛籟坊にも、わかっただろう。

「俺が欲しいか？」

「ほ、欲しい……」

意地を張る余裕はなかった。

さっき言ったことを、剛籟坊はすべからく実行すべきだ。これ以上焦らされたら、身体がせつなくて泣いてしまう。

剛籟坊は尻から指を抜き、雪宥をまた仰向けに返した。

「ああ、剛籟坊……」

覆いかぶさってきた剛籟坊の首に、雪宥は両腕をまわしてしがみついた。自分から両脚を大きく開いて、剛籟坊を挟みこむ。

熱くいきり勃ったものが、ひたりと後孔にあてがわれた。

「俺の伴侶、俺のものだ。雪宥」

宣言じみた言葉とともに、肉棒が入ってきた。

一気に押しこむのではなく、少しずつ侵入経路を探るように進んでくる。襞の具合を確認するのに寄り道しながら、剛籟坊のものが根元まで沈んだ。

「はっ、はぁっ……ああっ」

雪宥は白い喉を曝して喘いだ。

太くて長い、雪宥がよく知っている剛籟坊だ。誂《あつら》えたみたいに、雪宥のなかにぴったりとはまる。

肉襞が喜んで、絡みついた。きゅうっと締めつけて硬さと熱さ、重みを味わう。

剛籟坊がゆっくりと引いていき、戻ってきた。次第に速度が上がって、腰骨が当たるほど打ちつけられる。

「どうだ？」

「いい……っ、気持ち、い……んぁっ、あっ」

剛籟坊はときおり腰を横に振ったり、大きな動きで奥まで突いてきて細かく揺すったり、変化を加えて雪宥の反応を見ている。

雪宥が一番感じるところを探しているのかもしれない。探索に時間がかかるほど広い場所でもなし、すぐに見つけられてしまうだろう。

期待と、秘密の場所を暴かれるような、不安を伴う緊張感がある。

「ひっ……！」

張りだしたエラのところが不意にそこを引っ掻いて、雪宥は目を見開き、短く叫んだ。

一度動きを止め、剛籟坊は逃げを打つ雪宥の腰を摑んで角度を整えてから、集中的に擦り上げてきた。

「やっ、やっ！　いやっ、そこはだめ……っ」

焼けつくような熱を感じ、瞼の裏がちかちかする。

「ここでも、出さずにいけるのか？」

剛籟坊がなにかを言ったが、自分の呼吸が激しすぎてよく聞こえなかった。突き上げは規則正しく、勢いを増すことはあっても、衰えはしない。

「ああっ、あっ……あーっ！」

雪宥は大きな波に押し上げられるようにして、絶頂に達した。散々我慢を重ねていた性器から精液が迸《ほとばし》り、雪宥の腹の上に飛んだ。

二度三度と噴きだす射精に合わせ、肉棒をぎゅっぎゅっと食い締めて絞り上げる。

雪宥を満たしてくれるものが、出てこない。絞っても、腰を捩っても、雪宥のなかが潤ってこない。

剛籟坊は達かなかったのだ。

「な、なんで？　剛籟坊も出してよ……っ、俺のなかに、出して……！」

絶頂感が残っている間に、雪宥はねだった。つながった身体をすり寄せ、精液を迎え入れようと腰をせり上げる。

「まだ駄目だ。お前をもっと知りたい。どんなふうによがるのか、どんな声をあげるのか、知っておきたい。次にいくときは出してやる」

「……っ」

無防備な迎え腰に律動が再開されて、衝撃で息がつまった。

肉襞はまだ余韻で蠢《うごめ》いているのに、剛籟坊はおかまいなしだ。大きく前後に揺すぶり、雪宥の反応を見ながら、剛直で深々と抉《えぐ》る。

「待って、も……少し、や、あぁぁっ」

休ませてくれと言わせてももらえない。

達したばかりの敏感な肉筒に容赦なく与えられる摩擦は、強烈な愉悦となって雪宥に襲いかかった。

射精によって力を失っていた雪宥自身が、性懲りもなく膨らんでいく。

吸いつく襞を振りきって硬い肉棒が出ていき、媚肉を掻きわけて戻り、深いところを突き上げた。

「あ、あっ、あんっ」

甘えきった声で雪宥は鳴いた。

雪宥のすべてを知っている剛籟坊ではなく、これから知ろうとしている剛籟坊の動きに翻弄されていた。

ずっと前、まだ雪宥が不動山に来たばかりのころを思い出す。雪宥はこうしてまた、剛籟坊になにもかもを把握されて、好きなように喘がされるのだろう。

愛されているから、それでかまわない。

背中にしがみついていた手が、汗で滑った。剛籟坊も雪宥の身体で興奮しているのだと思うと嬉しくて、腹の奥がきゅっと締まる。

「……っ」

剛籟坊が荒い息を零した。

隙間もなく密着した肉棒と肉襞が激しく擦れ合い、発火しそうだった。痺れるような愉悦が背筋を這い上る。

「い、やっ！　またいく……っ、いく……あ、ああっ！」

一際高い声をあげて、雪宥はのぼりつめた。

収縮する内壁を強引に貫いた剛籟坊も、先端を最奥に潜りこませ、精液を迸らせている。勢いがあって、量も多い。

雪宥の尻は貪欲にそれを呑みこんだ。

愛しい男の精を食らって、陶然《とうぜん》となる。思考も停止していた。

「んっ、剛籟坊……、剛籟坊」

舌足らずに雪宥が呼んだのは、目の前の剛籟坊ではなく、幾度となく抱き合った記憶のなかの剛籟坊だったかもしれない。

違いは気にしていなかった。どちらも雪宥の剛籟坊だ。

波が鎮まってくると、雪宥は腹に付着した自分の精液を指先に搦《から》め捕って、剛籟坊に差しだした。

「……舐めて。俺のも、剛籟坊の力にして」

本当は直接口をつけて吸い取ってもらうのが一番だが、身体を合わせてしまうと、そうもいかない。

剛籟坊はつながりを解かないまま、雪宥の手を摑み、見せつけるように舌を出して指をしゃぶった。まだ残っていた精液も雪宥に拭わせてから、それを舐める。

「美味しい？」

こくりと頷き、ふやけた指を返してくれた剛籟坊が、雪宥を抱き締めた。

「雪宥、お前を俺のものにしてやる」

「……？　うん」

改めてそんなことを言わなくても、いつだって雪宥は剛籟坊のものだ。

おかしなことを言うと思いつつ、愉悦に蕩けて鈍った思考力では深くものを考えられず、雪宥はぼんやりと頷いた。

7

聞越山から帰ってきて二晩を天狗館の箱庭で過ごした雪宥と剛籟坊は、三日目には人間界に移った。

修行中の六花の成長を、離れてはいても、せめて同じ時間の流れのなかで気にかけていたいのと、雪宥を置いたまま剛籟坊がたびたび御山の巡回に出てしまうことに、雪宥が腹を立てたからでもある。

「俺は剛籟坊と一緒にいたい。俺だけ箱庭で待ってるのはいやだ。今度置いていこうとしたら、地の果てまでも追いかけてやる！」

雪宥は険しい顔で、口だけじゃない、必ずそうしてやるぞという決意で言ったのだが、剛籟坊はごねることなく、条件つきで快く了承してくれた。

「地の果てまで追いかけてもらえるのは嬉しいが、追いかけさせるつもりはない。追いかけている途中でお前になにかあったらどうする。勤めに連れていくことはできんが、ここで待っているといい」

そう言って剛籟坊が雪宥を連れていったのは、修行場の庵でもなく子籠り用の屋敷でもなく、山間にある湖の畔だった。

その湖は剛籟坊のお気に入りの場所で、青々した湖面は太陽に照らされてきらきら光り、中央に瓢簞《ひょうたん》型の小島が浮かんでいる。

雪宥が天狗に転成したばかりのころ、剛籟坊と一緒に不動山を巡った。雪宥の認識では、一泊二日の新婚旅行である。

そのときに初めて剛籟坊に案内されて知り、その後も何度も訪れた。子籠りをはじめてからは行かなかったので、一年ぶりくらいだ。

覚えていない剛籟坊に、雪宥は説明した。

「満月の夜にね、湖に小船を浮かべて二人でお酒を飲んだよ」

「どんな酒だ」

「何回も来たから、いろいろある。全部、剛籟坊が俺のために作ってくれたお酒だけど」

「一番の気に入りはどれだ？」

「牡丹《ぼたん》のお酒かな。俺が生まれて初めて飲んだお酒で、転成の祝宴に合わせて、千重《ちえ》の牡丹の花を剛籟坊自身が摘《つ》んで漬けてくれたんだ」

「千重の牡丹か。今年の花期はすんでしまったな。また来年、俺が新しく作ろう。今からなら金木犀《きんもくせい》が咲く。なにか作ってやろうか」

「本当？　楽しみにしてる」

「茶がいいか、酒がいいか」

「剛籟坊が作ってくれるなら、なんでも楽しみだよ。参加を許してもらえるなら、俺も一緒に作りたいな」

「かまわない。花が咲いたら取りかかろう」

雪宥の頬に口づけてから、剛籟坊は木立のなかに神通力で瞬く間に屋敷を造り上げた。

「うわぁ……」

ぽかんと口を開けて見上げずにはいられない。

剛籟坊がこうして俺や屋敷を造るのを、何度も目の当たりにしているが、何度見ても圧倒されてしまう。どんなふうに神通力を使えばこんなことができるのか、雪宥には原理がわからない。わかったところで、できるとは思えないけれど。

屋敷は平屋で座敷が三つ、縁側から湖がよく見える。

さっそく縁側に剛籟坊と並んで座り、抱き寄せられる前に、雪宥は自分から身体を寄りかからせた。剛籟坊と腕を組み、指を絡ませて手をつなぐ。

夏の日差しが照りつけているものの、縁側は木立が日陰を作り、そよいでくる風もひんやりとして暑さは感じない。

穏やかな時間の流れに身を浸《ひた》していると、あまりにも普段どおりで、閻越山での出来事が夢のように思えてくる。

「六花は元気で修行をしてるかな」

一人残してきた息子を思い、雪宥は呟いた。

「なにかしでかしたなら、報せが飛んでくるだろう。憧れの凜海坊どのに鍛えてもらい、日々強くなっているはずだ」

「俺も、修行を再開したほうがいいと思うんだよね。課題も明らかになったし」

浮き上がり、短い距離を飛ぶことはできる。高いところから飛び下りて、衝撃を吸収しながら地面に降り立つこともできる。

だが、不慮の事故で空から落とされたら、手も足も出なかった。二進《にっち》も三進《さっち》もいかないとき、自分では火事場の馬鹿力を発揮してなんとかできると思っていたけれど、それはただの過信であった。

未熟を悔いる雪宥の手を、剛籟坊がぎゅっと握った。

「お前が空から落ちることは二度とない。俺がそうさせないからだ。修行には危険が伴う。しなくていい」

雪宥は思わず笑った。

かつて、修行を始めたいと雪宥が申しでたときに剛籟坊が答えたのと、ほとんど同じことを言っている。記憶をなくしても性格は変わらない、というのがよくわかった。

あのときは剛籟坊のややこを産むという目標があったから、雪宥も強く志願して修行開始に至ったが、今は事情が違う。

「剛籟坊がそう言うなら、やめとくよ」

長い人生——天狗生というべきか——なにが起こるかわからない。ありとあらゆる場面を想定し、咄嗟のときの力の使い方を訓練するに越したことはないが、剛籟坊の反対を押しきってまでしなくてもいいだろう。今のところは。

とりあえず素直に従った雪宥に、剛籟坊は満足そうに頷いた。

身長差があって、剛籟坊の二の腕あたりに顔をくっつけている雪宥の頭に、何度も口づけを落としている。

顔を上げたら、きっと唇にキスをされる。雪宥を抱き締めるために、つないだ手も解かれてしまう。それがいやで、雪宥は俯いていた。

手をつないで横に座るという行為が、やけに新鮮に感じられていた。膝に抱っこされるのも好きだが、こういうのもいい。

逞しい二の腕に額や頬をぐりぐりと擦りつけ、にやけた顔を隠していると、剛籟坊も小さく笑ったようだった。

「お前は可愛いな」

「剛籟坊は恰好いいよ」

「お前が愛しい」

「俺も大好きだ」

「どのへんが好きだ？」

「全部！」

「そのうちのひとつふたつ、選んで教えてくれ」

うーん、と雪宥は唸《うな》った。

「選ぶのは難しい。本当に全部好きだから。でも、強《し》いて言うなら、俺を誰よりなにより愛してくれてるところかな。たとえ記憶をなくしても」

「記憶を取り戻してほしいか」

「どっちでもいい。剛籟坊がいるだけでいいんだ、俺は」

「可愛いことを言う。お前の顔を見せてくれ」

「……いやだ。恥ずかしい」

剛籟坊がつないでいないほうの手で雪宥の顔を上げさせようとするので、雪宥は首を振って抵抗した。剛籟坊の指は悪戯に動いて顎や耳をくすぐり、鼻先を摘んでくる。

「くすぐったいよ、剛籟坊」

雪宥は笑いだした。そばに誰かがいれば、馬鹿みたいに見えるであろうやりとりが、楽しくてしようがなかった。

しつこさに負けて顔を上げた途端、機嫌のいい剛籟坊の顔が目に飛びこんできて、その男前ぶりに照れてしまい、また俯く。顔が赤らんでいるのが、自分でもわかった。

雪宥ははじめ、剛籟坊の記憶を取り戻すことを第一に考え、書庫の書物で手がかりを探したり、他山の天狗に話を聞いてみたりするのはどうかと提案したが、当の剛籟坊が乗り気でなかった。

凜海坊どのが知らないなら、どこを探しても誰に訊いても無駄だというのである。

烏天狗たちも嘴を揃えて、剛籟坊さまのおっしゃるとおりでございますと言う。

お前たちはいいよ、忘れられてないんだから、とむかっ腹を立てつつも、剛籟坊の協力が得られないのでは仕方がない。

聞越山で少しは話したが、もう一度二人の出会いから順を追って詳しく語って聞かせれば、記憶の扉が開くかもしれないと考えたとき、雪宥は気がついた。

かつて六歳で不動山に迷いこみ、二十歳で戻ってきた雪宥を、剛籟坊は十四年もひたすらに待っていた。

人間が天狗の結界を越えると記憶があやふやになり、雪宥は剛籟坊と会ったことくらいしか覚えていなくて、再会した剛籟坊に反発してひどいことを言い、軽率な行動によって心配と迷惑をかけた。

なのに、剛籟坊は雪宥になにも言わず、弁解もせず、無理に思い出させようとはしなかった。雪宥が自分ですべて思い出すまで待とうとしたのは、雪宥の心にある雪宥だけの思い出を、剛籟坊が介入することで歪めてしまわないようにという配慮であった。

思い出してほしいが、思い出せなくてもかまわない。記憶の有無に関係なく雪宥を愛し、歩み寄ろうとしてくれた、その気持ちが嬉しかった。

そこでようやく、剛籟坊に記憶を取り戻させようと躍起になっている自分に気づき、雪宥はおおいに反省した。

雪宥だって、剛籟坊の記憶があろうがなかろうが、愛している。

六十年近くに亘り、二人で積み重ねてきたものが失われたのはショックだ。それは否定しない。

雪宥のことを覚えていないのは寂しいけれど、幸いにも記憶のない剛籟坊も雪宥を伴侶と認め、愛しく想ってくれているのだから、また一からやりなおせばいい。

いや、始めればいいのだ。新しく。

そのように思い定めた雪宥は、現在の剛籟坊に全力投球することにした。剛籟坊のことだけを考え、脇目も振らずに打ちこむつもりである。

赤面を隠そうと俯いてしまった雪宥の髪を、剛籟坊は愛しげに撫でながら訊ねた。

「お前が好きなものを教えてくれ」

「剛籟坊」

条件反射的に即答したら笑われた。しかし、これ以外の答えが返ってくると思っていたなら、剛籟坊は雪宥の愛情を侮《あなど》っている。

「そうではなく、お前になにかを贈りたい。俺はもうお前のものだろう。身を飾るものでも食べ物でもなんでもいい。欲しいものはないか」

一日も欠かしたくない雪宥の大好物は、剛籟坊の精液だ。それさえあったら、ほかのものは必要ない。だが、剛籟坊が求めている返事はこれではないだろう。

もう一人、剛籟坊のややこを、今度こそ剛籟坊に似た容姿の子を産みたいが、それを口にするのは早いと思われた。

なんといっても、二人はまだ始まったばかり。予期せず訪れた蜜月をじっくりと楽しんでみたい。

「剛籟坊以外で欲しいもの……、うーん、神通力を使いこなす才能かな」

「お前は俺の子を産んだ。才能があるとは言いがたいが、充分だ」

「……」

雪宥の頭がかくんと落ちた。

冗談っぽく言って笑ってもらおうと思ったのに、真顔で労わられてしまった。会って日の浅い雪宥について、しっかり見極めているらしい。

雪宥にダメージを与えたことに気づかないまま、剛籟坊は興味津々で質問を重ねた。

「では、嫌いなものはあるか？　贈るときに、それを避けよう」

「どんぐり」

またもや即答した雪宥である。

天狗たち、とくに烏天狗の大好物だが、雪宥は食べるのも苦手だし、話題にするのもいやだった。地雷があるとわかっているのに、わざわざ踏みにいくものはいない。

剛籟坊は不思議そうな顔をした。

「お前にどんぐりを贈るつもりはなかったが、覚えておこう。カシもクヌギもマテバシイも駄目か」

種類の問題ではない。

雪宥は申し訳なさそうな顔を作った。

「人間の習性が抜けなくて、天狗が好む食べ物はあんまり好きじゃないんだ。ごめん」

「そんなことで謝らなくていい。人間のときに好きだったものを取り寄せてやろうか」

「気持ちだけもらっておくよ、ありがとう」

「お前は欲がないな」

剛籟坊さえいれば、雪宥の独占欲、性欲、食欲など欲とつくものすべてが満たされるから、ほかは不要なだけだ。

御山のお勤めに出るとき、他山の大天狗に招かれて行くときなど、雪宥を置いてけぼりにしないでくれたら、雪宥にはなんの文句もないが、ここでその話題を吹っかけても解決には至るまい。

曖昧に微笑んで、雪宥は逆に訊ねた。

「今度は俺の番ね。剛籟坊の好きなものを教えて」

「知っているだろうに。お前だ」

「俺以外で」

「お前以外だと」

剛籟坊は遠くを見る目で考え始めた。

その素ぶりを見た雪宥は、開かれていた扉が目の前で閉められたような気分になった。俺以外のもので、と雪宥が言っても、お前以外にあるものか、という返事が即座に戻ると信じていた自分のおめでたさに気づいて、愕然とした。

雪宥以外に好きなものなんて、知りたくなかった。だが、訊ねておきながら、望む答え以外は欲しくないなどと、今さら言えない。

三百二十九年分の長い歴史のなかから、剛籟坊はなにを選ぶのか。どんな答えでも、雪宥は嫉妬し、独占欲に駆られるだろう。

剛籟坊が好ましいと思うに至った過程、あるいは背景に、雪宥は存在しない。

「……なにも浮かばんな」

意気消沈していた雪宥は、ぱっと顔を上げた。現金にも会心の笑みが浮かんだ。

「本当？」

「ああ。お前が俺の懐に収まっていればそれでいい。お前を一目見たときから、俺にはお前だけだとわかった」

「俺が伴侶で、がっかりしなかった？」

「有頂天になったぞ。お前を俺のものにしていたことに胸を撫で下ろした。他人のものなら、奪う必要がある。俺はお前をもっと知りたい。知って、喜ばせてやりたい」

雪宥の胸がきゅんとなって、全身がむずむずした。

「俺、剛籟坊のことしか考えてない。今日も男前で恰好いいなとか、髪にちょっと寝癖がついてて可愛いなとか、いい声してるなとか、手が大きくて指が長いなとか、脚も長いよなとか、あと、翼が綺麗だなとか。そんなことばっかり」

「毎日か？」

「うん。だって毎日恰好いいから」

「褒めちぎってくれるのはありがたいが、俺の欠点はないのか」

「あるよ。言葉が足りなくて、わけがわからなかったり、返事がずれてて、とんちんかんなことを言ったりするときがよくある」

「とんちんかん……」

剛籟坊は棒読みで呟いた。褒められてまんざらでもなさそうだったのに、突如として大嵐に巻きこまれた小舟のような顔をしている。

「意表を突かれて、会話の本質を見失っちゃうんだよ。それに、こうと決めたら頑固で、俺の言うことなんか聞いてもくれない」

「俺はお前を困らせているようだな」

「困らせたり怒らせたりしてるけど、そういうのも含めて俺の好きな剛籟坊なんだ。俺にもたくさん欠点がある。頑固なのは俺もだし、剛籟坊の言うことを聞かないのも同じ。無鉄砲な行動で剛籟坊に何度も迷惑をかけたよ」

「お前がかける迷惑など迷惑のうちにも入らんと、そう思うが」

「剛籟坊がそうして甘やかすから、俺が成長しない」

責任をなすりつけられた剛籟坊は、ふっと笑った。

「甘えていればいい。なにがあっても、俺はお前を守る」

「剛籟坊にしてみれば出会ったばかりで、なにも知らない俺を？」

「六十年ともに過ごした月日がなければ、お前を守ってはいけないのか。お前を愛するのに時間も理由も必要ない」

「……俺のこと好き？」

「ああ。何度もそう言っているが、何度でも繰り返してやる。お前を愛している。頑固で無鉄砲なお前に、俺がたじろぐとでも？　なにをしでかそうと、今まで以上に愛してやる。お前の頭のなかを俺で満たせ。俺以外のことなどなにも考えるな」

雪宥は我慢できなくなり、絡めた指を振り解くと、剛籟坊の膝の上に乗り上がって正面から抱きついた。

何度も訊いてしまうのは、何度もそう答えてほしいからだ。

伴侶として、記憶を失った剛籟坊を支えようと考えていたのに、結局のところ剛籟坊に甘えている。剛籟坊がなくしたものを、恋しがっている。

俺というやつは本当にどうしようもない甘ったれだなと思いつつ、雪宥は謝った。

「ごめん。ものわかりが悪いから何度も訊いて」

「気丈にふるまってみせても、俺の記憶がなくなって不安なのだろう。わかるまで確認すればいい。いつまでも。お前も言ってくれると嬉しい」

「俺も好きだよ。愛してる。剛籟坊が好きすぎて、自分でもびっくりした。もう長いこと一緒にいるのに好きなんだ。ああ、剛籟坊……大好き……」

夢中で剛籟坊にしがみついて身体をすり寄せていたら、単衣の下で乳首が擦れた。母乳を出すようになってから、そんな程度の刺激でも感じてしまうのだ。

ぴくんと跳ねて背中を丸めた意味が、剛籟坊にわからないはずがない。

じっとしていればやりすごすことができるのに、剛籟坊は左手で雪宥の背中を抱き、裾が乱れて太腿まで露になった脚を、右手で撫で始めた。

「伴侶はややこを産むと飢えがなくなると聞く。お前はどうだ？」

雪宥は顔を上げ、挑むように剛籟坊を見た。

「飢えるから、剛籟坊に抱かれてるわけじゃない。飢えから解放されたくて、六花を産んだんでもない。俺は一度も飢えたことなんかないし、飢えなくても剛籟坊と愛し合いたい」

これだけは、絶対に主張しておきたい。

剛籟坊の精液は雪宥の体内で、雪宥の精液は剛籟坊の体内で神通力として蓄積され、強大な力をもたらす。

しかし、それは副産物であって、二人が交わる真の目的は愛し合うことだ。

雪宥を見つめ返す剛籟坊の瞳に、烈《はげ》しい情欲の光が灯った。精液が空になるまで可愛がってやると、その目が告げている。

ぞくぞくしながら、雪宥は単衣の襟をぐっと引き下げ、自ら片方の乳首を曝けだした。

剛籟坊の視線がねっとりと絡んだのを確認し、まだ柔らかく薄い桃色をした突起を親指と人差し指で摘む。

「……っ」

喉で声を押し殺し、何度か揉んでいるうちに、乳頭から乳汁が滲んできた。昨夜も吸い尽くされたので、勢いよく飛ぶほど溜まっていないようだ。

硬くなってきた乳首を中指で弾くと、白い滴が飛んで、剛籟坊が息を呑んだ。

「吸いたい？」

「ああ」

剛籟坊の声は掠れていた。雪宥の拙《つたな》い乳首弄りを見て、興奮している。

「まだ駄目」

自信がつき、雪宥は乳首を捏ねまわした。自分の指だからか、剛籟坊に触れられているときのような快感はない。

雪宥の指先で転がる乳首を、剛籟坊は食い入るように見つめて待っている。

散々焦らしてから、雪宥は剛籟坊の片脚を跨いで膝立ちになり、薄く開いている口元に乳首を近づけた。

「いいよ、吸っても……っ、んんっ」

剛籟坊は無言でむしゃぶりついてきた。

舌で舐《ねぶ》りまわされ、歯で何度か甘く噛まれてから、音を立てて吸い上げられる。少量しか出ない乳汁は、すぐに尽きてしまった。

なにも出なくなった乳頭を、剛籟坊は優しく舌先で撫でた。

「あうっ……、あっ、あ……ん」

強い吸引とは打って変わった柔らかさに、雪宥は喘いだ。

身体が痺れて、腰が揺れる。単衣の下に隠れているもう片方の乳首が疼いていたが、今触れてほしいのはそこではない。

「剛籟坊、こっちも触って」

胸元から剛籟坊を引き離し、震える手で雪宥が開いて見せたのは、陰部だった。

乳首を吸われたことで、性器はすでに勃起している。先走りで先端を濡らしたそれは、明るい縁側で露出するものではない。

「美味そうだ。しゃぶらせろ」

舌なめずりした剛籟坊が雪宥の腰を持ち上げ、陰茎がちょうど顔の前に来るように立ち上がらせた。避けても垂れてくる布が邪魔だったのか、帯を手早く解き、単衣を毟《むし》り取って座敷に投げ入れている。

必然的に雪宥は全裸で、剛籟坊の眼前に仁王立ちだ。剛籟坊は紫紺色の着物を着たまま、襟も乱れていない。

雪宥だけがとてつもなく変態のように見える。

「あの、奥に……あっ！　やっ、やぁっ！」

場所を移そうと言おうとしたが言わせてもらえず、ゆらゆら揺れる陰茎をいきなり口のなかに含まれて、雪宥は咄嗟に腰を引こうとした。

しかし、剛籟坊はそれを許さない。両手で尻を摑んで腰を突きださせ、屹立を舐めしゃぶりながら、尻朶を揉んでいる。

「く、う……んっ、あぁっ」

雪宥は脚を踏ん張り、剛籟坊の髪に両手の指を突っこんだ。

立ったまま口淫されるなんて、恥ずかしい。視線を落とせば、乳首は左右で色と形が違っているし、さらにその下で、剛籟坊が雪宥の陰茎を美味そうに音を立てて味わっているのが見える。

「あっ、やっ……」

口のなかで転がされ、舌でべっとりと舐められて、太腿の内側が震えた。上から見下ろしていると、雪宥自身が食べられているようだ。

剛籟坊が扱きたてるままに達してしまうのがいやで、雪宥は剛籟坊の髪を引っ張って注意を向けさせた。

「ご、剛籟坊……、ちょっとだけ放して」

「なんだ」

張ちきれんばかりに膨らんだ陰茎を口から出したものの、唇は裏側にしっかり押し当てたまま、剛籟坊は応じた。

「俺もする。……舐めたいんだ、剛籟坊の」

「お前が、俺を？」

驚いたのか、剛籟坊が首を仰のかせて雪宥を見た。

「うん。俺だって剛籟坊に触りたい。剛籟坊が欲しい」

雪宥は剛籟坊の肩を押し、寝転ばせた。身体を跨ぎなおして向きを変え、逞しい胸の上に腰を下ろす。

着物の前を掻きわけて、目当てのものを取りだした。

「もう硬くなってる……、すごい」

雪宥の濡れた声に反応し、剛籟坊自身がふるりと震えた。まだ勃起しきってはいないのに、太くて長い。

見ているだけで、尻が疼いて腰が捩れた。なかに迎え入れて可愛がってもらいたい気持ちを堪え、手のひらでそっと握りこむ。

「あぁ……」

手触りのよさに、感嘆の声が出た。手を動かそうとしたが、滑りが足りない。

「雪宥、お前のしていることが見えない」

「見えなくても、触ってたらわかるだろ。気が散るから、剛籟坊は俺に触らないで」

雪宥はそう切り捨て、上体を伏せていった。

手で握った肉棒にキスをし、突きだした舌で舐め濡らしていく。唾液を絡めると指がすんなりと動き、上下に扱くことができた。

口に入れられるところまでは入れて吸い上げ、はみだした部分を指で擦れば、みるみる硬度を増していく。

「ん、んんっ、ぅん」

剛籟坊の反応が嬉しくて、雪宥は熱心にしゃぶった。前触れが滲んでくると、舌でこそげ取り、唾液と混ぜて夢中で飲み下す。

くっきりと張りだしている括れの段差を、舌先で確認するのも好きだった。

これが雪宥のなかのいいところを、引っ掻くように擦ってくれる。雪宥を可愛がるために、こんな形をしているのだ。

「ふっ、んぅ……っ」

舌先を懸命に閃《ひらめ》かせ、つるりとした先端を舐めまわす。

剛籟坊に向けた尻がくねくねと揺れていることに、雪宥は気づいていなかった。肉棒に貫かれることを想像し、汗ばんでひくひくと蠢く後孔も丸見えで、剛籟坊を視覚から興奮させていることにも。

「このまま出したら、飲めるか?」

尻の後ろから剛籟坊の声が聞こえてきた。

雪宥は肉棒を咥えたまま頷いた。尻に入れ、腹の底に剛籟坊が注ぎこむのではなく、雪宥に望んで飲んでほしいと思っているのだろう。

毎日のように抱き合っていても、口に出されることはほとんどなかった。雪宥が剛籟坊のものを舐めること自体が少ない。

伴侶になってすぐのころを、雪宥は思い出した。

事情が事情だけに反抗してばかりで、天狗になんかなりたくない、家に帰りたいと駄々を捏ね、命の源である剛籟坊の精液を飲むのを泣いていやがり、身体はつなげずに口からいやいや飲んだ。

剛籟坊がどんな気持ちで性器を自分で扱き、あてがった雪宥の口に出しているのか、考えもしなかった。

当時の借りを返すような気持ちで、雪宥はいっそう激しく大胆に舌を動かし、唇を窄めて締めつけた。

「……出すぞ」

狭い口のなかで肉棒が膨らみ、跳ねた。先端から熱い精が噴きだし、雪宥の上顎の裏側を叩く。

「ん、んんー……っ」

暴れる肉棒に舌を添わせ、零さないように必死で受け止めながら、雪宥も腰を小さく痙攣《けいれん》させていた。

精液は出ていないものの、剛直を待ち望む肉襞が待ちかねた挙句、剛籟坊の射精を引き金に一人で達してしまったのだ。

――やだ、俺……いってる。こんないき方、知られたくない……。

雪宥は膝に力を入れ、尻を動かさないようにして平静を装い、口腔《こうこう》を満たす甘い精液を啜り上げることに集中した。

放出を終えた孔を吸い上げ、括れの下も舌で舐めて綺麗にし、ちゅぽんと音を立てて口から出す。顎が疲れて痛かったが、満足だった。

放ったのちも、まだ硬さを残して勃ち上がっている肉棒が雄々しくて、期待で身体が熱くなる。

「顔を見せてくれ、雪宥。俺がいくと、お前もいくのか。触れていなくても」

「……！」

こっそりとやりすごした、自分の密かな絶頂を知られていないと思っていた雪宥は、驚いて身体を起こした。

精液と唾液で濡れた口元を手の甲で拭いつつ、剛籟坊を振り返る。

「どうした」

「なんでわかった？」

剛籟坊は不可解そうな顔で言った。

「見ていればわかる。指か舌でも入れておいて、味わいたかった。お前こそ、なぜ隠そうとする」

「……」

恥ずかしいからだ。それ以外の理由などないが、雪宥の羞恥を剛籟坊が理解してくれるとは思えなかった。

「俺にはなにも隠すな。いったときは、ちゃんと俺に言え。いいな」

「……ん」

念を押されて、雪宥は頷いた。

剛籟坊の望むことなら、なんでも叶えてあげたかった。二人は始まったばかりで、六十年前のように、雪宥を手のかかる面倒な伴侶だと思わせたくない。

雪宥にのみ残っている二人の記憶は、かけがえのないものだ。

剛籟坊と出会い、別れ、そして再会し、伴侶となった。天狗に転成し、念願だったややこを産んで、束《つか》の間《ま》の子育てを楽しんだ。

なにをするにも二人だった。

生きていても二人、黄泉路も二人で歩く、時の狭間《はざま》で闇と同化しても永遠に二人だと誓った思い出は、今は雪宥の心の底にしまっておく。

寂しいけれど、剛籟坊の記憶を惜しみたくなかった。

どんな剛籟坊だって、雪宥は愛さずにはいられないのだから。

8

聞越山から伝書天狗が飛んできたのは、六花を預けて五ヶ月後のことだった。

よほど急いだのか、烏頭の黒い毛並みを乱した烏天狗を、湖畔の屋敷で過ごしていた剛籟坊と雪宥のもとへ、蒼赤が案内してきた。

胡坐を搔いた剛籟坊の隣に、雪宥はそわそわしながら座った。自分たちが呑気《のんき》に新婚生活をやりなおしている間に、六花になにかあったのか、もしくはなにかをしでかして迷惑をかけたのか、心配でたまらない。

蒼赤は退出せず、襖の際に控えている。

使いの烏天狗が二人の前でかしこまると、剛籟坊が急かして言った。

「挨拶はいらん。話せ」

「まずは我が主、凜海坊さまよりことづかりましたことをお伝えいたします。剛籟坊さまのご記憶を喪失させる原因となりました忘却池、その水が持つ効果を打ち消す秘薬は、じつは存在するのでございます」

「ええっ！」

驚愕する雪宥に頷いてみせ、烏天狗は話をつづけた。

「これからお話しすることは、すべて内密にお願い申し上げます。秘薬のもととなるのはカンゲンソウと申しまして、久比山《くびやま》にしか生えぬ薬草でございます」

数百年前に大きな天災被害に見舞われた際、久比山では守護する大天狗が寂滅《じやくめつ》し、棲んでいた天狗たちは三々五々《さんさんごご》に散った。天狗がいなくなった山は荒れ、魑魅魍魎《ちみもうりよう》の類が棲みつき、悪さをする。

久比山に薬草を摘みに行くのはたいそう危険で、凜海坊をもってしても、万全の態勢で挑まなければ難しい。

薬草があれば剛籟坊の記憶も戻せるという話を、凜海坊が配下の天狗としていたところを、たまたま六花が盗み聞きし、無断で聞越山を飛びだしてしまったらしい。

「門番の烏天狗が言うには、お止めする間もなかったそうで。飛び立つ前に、ご両親のために薬草を摘んでくると叫ばれたらしく、久比山に向かわれたのは間違いございません。書庫より、地図を持ちだされた形跡がございました。責任持ってお預かりしておきながら、誠に申し訳なく存じますが、主は今、動くことができませぬ。聞越山では今日より三日後に、主を祀《まつ》る儀式を麓の村人たちが行う予定でございます。主なしには、祭祀《さいし》は成り立ちませぬ。かようなわけで、急ぎ報せにまいった次第」

烏天狗が嘴を閉じると、雪宥は剛籟坊にいざり寄った。

「久比山ってどこ？　知ってる？」

「ああ。ここからさほど離れていない。俺が主となる前に、覗きに行ったことがある。当時、すでに主のおらぬ山だったが、そこまで危険だとは感じなかった」

「久比山の荒廃はここ百年ほどでひどくなり、今や見るも無残なありさまだと申します。私は麓からしか見たことはございませんが」

剛籟坊は片眉を上げた。

「お前も行ったことがあると言うか」

「はっ。年に一度、主がカンゲンソウを摘みにまいられますゆえ、私どもも供をいたします。山中に入られるのは主のみでございます」

「ちょっと待って。その薬草が秘薬のもとになるんだよね。凜海坊さまは忘却池に落ちた剛籟坊の記憶を取り戻す方法を、最初からご存じだったってこと？　調べてくださって、今わかったわけじゃなく？」

そんな方法はないと、凜海坊その人に断言された雪宥の驚きなど知らぬげに、烏天狗は頷いた。

「もちろんでございます。薬草摘みは毎年、師走に行うのが習わしで、還元の秘薬は主にしか錬成できませせぬ」

「どうして凜海坊さまは、そのことを俺たちに教えてくれなかったんだろう……」

雪宥は呆然と呟いた。

一刻も早く六花を助けにいかないと、という焦り、戻ることはないと思っていた剛籟坊の記憶を取り戻せるかもしれないという期待、秘薬の存在を黙っていた凜海坊への疑問、いろんなものが混ざった感情が胸に渦巻く。

ここぞとばかりに、烏天狗が声を潜めて言った。

「内密にと申し上げましたのはそこでございます。忘却池の存在は聞越山でも主と、その側近しか知りませぬ。久比山のカンゲンソウを知るものは、さらに少のうございます。記憶を失わせる水と、失った記憶を取り戻す薬草が存在するなど、腹に一物あるものが知れば、悪用されるは必至。それが人でもあやかしでも、たちの悪い輩が聞越山に押し入り、万が一にも村人を傷つけることがあってはなりませぬ。聞越山を含む連山には、人間が登頂を許された山もございます。それゆえ、主は忘却池も久比山のカンゲンソウも、他言は避け、黙々と秘してまいりました。すべては信仰深き、善良なる人間を守るために」

凜海坊の霊験《れいげん》に畏怖と感謝を捧げ、年に一度祭祀を行う村人たち。凜海坊は村人たちに豊穣と安全を約束する。

信仰心に支えられた聞越山は、天狗と人間との距離が近いのだ。

それを、六花が台無しにしたわけである。剛籟坊にさえ隠そうとした凜海坊の秘密を、次々と暴きたてている。

「申し訳ない……」

我が子ながら眩暈《めまい》がして、雪宥はうなだれた。

八歳で修行に出るのは天狗として当たり前だと言われ、六花の望むがままに外に出したが、まだ早かったのだろうか。

「いえいえ、お預かりした以上、責は私どもにもございます。祭の前はみなが浮足立つもので、六花さまに目が届かず、申し訳ございません」

剛籟坊が安心させるように雪宥の背中を撫でた。

「仔細はわかった。六花は俺が連れ戻しに行く。祭祀間近の折、凜海坊どのにはいらぬ心配をかけた。俺からの詫びと、六花のことは心配無用と伝えてくれ。そのカンゲンソウとやらが、どのような形状をしているか知っているか」

「ツクバネソウに似ておりますが、こちらは冬に薄紅色の花をつけまして、開花期に採った根茎が秘薬の材料となります。開花期以外の根茎では効果がなく、どのみち師走まで待たねば採取、錬成はできませぬ」

「……ってことは、六花が今行っても無駄なんじゃ」

「さようでございます」

雪宥は剛籟坊と無言で見つめ合った。

言いたいことがありすぎて、かえって言葉が見つからない。しかし、いつまでも見つめ合ってはいられなかった。

「ご苦労だった。祭祀の準備で忙しかろう。お前も早く聞越山へ戻るがいい」

「ありがたきお言葉にございます。最後に、口伝の術にて、主のお言葉をお伝えしてもよろしいか」

「許す」

烏天狗はすうっと背筋を伸ばし、十秒ほど静止したのち、カッと嘴を開いた。

「剛籟坊どん、雪宥どん。こげなことになって、すまんかった。すべては使いのものが伝えたとおりよ。久比山に入ったら、気をつけねばならんど。カンゲンソウは山頂近くの岩陰に生えとるが、この時期のは役に立たん。祭がすんで師走になれば、おいどんが採ってきて錬成したのち、不動山に届けさせるつもりじゃ。楽しみに待っときんしゃい」

凜海坊が烏天狗に乗り移ったのかと思うほど、凜海坊の声としゃべり方だった。

言い終えてぷるるっと頭を振った烏天狗は、以上でございます、と烏天狗特有の舌足らずな物言いに戻って締め括り、深々と頭を下げて聞越山に帰っていった。

剛籟坊はすぐさま白翠と長尾を呼び、先に久比山に向かわせた。

六花がまだ到着していなければ、やってきたところを捕まえて引き止め、すでに入山しているようなら、麓で待機して剛籟坊の到着を待つように指示を与えている。

「俺も行く。久比山はそんなに遠くないんだろう？　俺も連れていってほしい。蒼赤、俺の服も用意して、早く！」

着流しを脱ぎ、篠懸に括袴というういつもの恰好に着替えている剛籟坊に、雪宥は頼みこんだ。カンゲンソウの話を聞いて、六花が閶越山を飛びだしたのは、自分のせいだという気がしていた。

剛籟坊が記憶を失ったことに、一番ショックを受けていたのは雪宥だった。

記憶を失った剛籟坊は動揺も見せずに泰然とかまえ、泣きじゃくって謝る六花をなだめていた。雪宥もそんな剛籟坊に倣うべきだったと今なら思うが、あのときはそこまで気がまわらず、六花にどんな言葉をかけてやれたのか、はっきり覚えていない。

六花は雪宥の茫然《ぼうぜん》自失ぶりを見て、自分がなんとかしなければと考えたのではあるまいか。

修行に励んでいたと思っていたこの五ヶ月、ずっと後悔していたのかもしれない。

「六花の無謀は俺の責任だ。俺がもっと毅然《きぜん》としていればよかったんだ。親なのに、あの子の不安を取り除いてやることもできず、閶越山に一人置いて、そのままにしてしまった。せめて数日は帰るのを遅らせて、そばについていてあげるべきだった」

「あのとき、不動山に帰ると言ったのは俺だ。たとえお前が閶越山に残りたいと言っても、連れて帰った。だから、気に病むな。伴侶は子ではなく、俺のそばにいるものだ」

「じゃあ、連れていってくれるよね。剛籟坊のそばにいるから、絶対に離れないから一緒に行く。六花を助けて連れ戻して、説明するよ。剛籟坊がいてくれれば、記憶はどうでもいいってことを」

言葉尻を捉えながら、雪宥が懸命に言い募っていたとき、着替えを取りにいった蒼赤が戻ってきた。

「いつなりとお声をおかけください」

蒼赤はそう言い置き、衣服を置いて退出した。

「……それはなんだ」

雪宥の着替えを手伝うのが蒼赤の仕事でもあるのに、どうしたことかと、彼が閉めた襖を見ていた雪宥は、剛籟坊に訊かれて視線を移した。

蒼赤が持ってきた衣服の上に、見覚えのあるものが載っている。

「……！」

雪宥は耳まで真っ赤になった。

蒼赤が気を利かせたのだろう、それは貞操帯であった。

剛籟坊の伴侶になった雪宥は、剛籟坊以外のものに身体を汚されると肉体が劣化し、泥舟と呼ばれるものに変わる。そのような事態を避けるため、外出するときなどに、剛籟坊が雪宥に装着させるようになった。

恥ずかしく感じるのは、ときどきそれが正式な用途以外に、性交を盛り上げるためのアイテムとして使われるからだ。

剛籟坊は革製のそれを、手に取って眺めた。

「俺が作ったものか。……お前のために」

「……く、久比山にはなにがいるかわからないし、必要だと思う。お、俺も安心だし」

雪宥はひっくり返った声を出しながら、着ていた単衣を脱いだ。

「たとえ泥舟になっても、俺はお前を愛するぞ」

「知ってる。時の狭間で闇と同化したって、剛籟坊は俺と一緒にいてくれるんだ。俺も剛籟坊を愛してるから、泥舟になんかなりたくない。これ、つけて外れないようにして」

「聞越山に行ったときも、つけていたのか」

「もちろん、剛籟坊がつけてくれたよ」

「どうやって外した」

「俺の神通力は剛籟坊と同じ性質だから、外すのは自分でできるようになったんだ」

神通力を使う才能がないのに、剛籟坊が固定したものを外すとか、剛籟坊が張った結界を通り抜けるとか、剛籟坊を困らせ、心配させる方面にだけ秀でているので少々気まずい。

剛籟坊は雪宥の前に跪き、貞操帯を装着して固定した。さらに、全裸の雪宥の額、胸、へそ、両手首、両足首に小さく口づけを落としていく。

剛籟坊の唇が触れたところから、強い気が流れてきて被膜のように雪宥を覆った。

同行についてもっと反対されるかと思ったが、剛籟坊はなにも言わず、身支度を整えるのを手伝ってくれた。

雪宥が過去に無茶をしたときの記憶がないぶん、甘くなっているのかもしれない。記憶を失った剛籟坊に、献身的に尽してきた雪宥のことしか知らないのだ。

騙しているようで気が引けたが、雪宥は六花の母である。

行かないわけにはいかなかった。

蒼赤に見送られ、二人は久比山に向かった。遠くないと言っていたとおり、剛籟坊が雪宥を抱えて飛んでも、数時間ほどで着いた。

不動山に近いということは、聞越山から向かうにはかなり遠い。六花が道に迷い、まだ到着していない可能性に期待したが、久比山の麓で剛籟坊を待っていた白翠と長尾は首を横に振った。

「半時ほど前に、山の中腹あたりで大きな力が放出されたのを感じました。おそらく、六花さまではないかと」

久比山は見るからに痛々しい様相を呈《てい》していた。

尾根が大きく崩れ、土石流の跡も生々しく、倒木や枯れ木が剝きだしになった山肌に突き刺さっている。樹々は鬱蒼《うっそう》としているが、目を凝らせば、黒い靄《もや》のようなもので山全体が覆われているのがわかった。

守護するものがいなくなり、跋扈《ばっこ》するようになった魑魅魍魎たちが放つ陰気であろう。息を吸えば、肺から毒されていきそうだ。

麓に立っているだけなのに身の毛がよだち、雪宥は自分の腕をさすった。このなかに六花がいるのかと思うと、居ても立ってもいられない気持ちになる。

そのとき、遠くでドンと音が響き、小さな地震があった。

「これ、ややこだった六花が癇癪《かんしやく》を起したときの揺れと似てる……！」

はっとなって雪宥が叫ぶと、剛籟坊が頷いた。

「暴れているようだな。だいたいの場所はわかった。ここからは俺一人で行く。お前たちは雪宥を頼む」

雪宥は剛籟坊の服を摑んで止めた。

「こんなとこで待ってるなんて、いやだ！　怖いから暴れてるんだろ？　六花になにかあったらどうするんだよ！」

「落ち着け。俺が心配しているのは久比山だ。主のいない山は脆《もろ》く、少しの衝撃で崩れてしまう。幸い麓に村はないが、大きく山が崩れれば被害も広がる。六花が暴れて、これ以上荒らすのは避けたい」

「……え」

「六花の神通力を使えば、この山に蔓延《はびこ》る魑魅魍魎どもはすべて吹き飛ばせるだろう。だが、そんなことをしたら、山も半分は吹き飛ぶ。魑魅魍魎だけを選んで消滅させるほどの器用さは、六花にはまだないからな。お前はここで待っていろ。すぐに連れて戻る」

「……」

言うなり翼を広げて飛び立っていった剛籟坊を、雪宥は呆然と見送った。

荒れ果てて、黒い靄に包まれた物騒な山。その山を、六花から守るために剛籟坊は来たのだと、今理解した。

「六花が危ないんじゃなくて、久比山が危ないんだ……」

白翠がこっくりと頷いた。

「大天狗さまの守護の力ははかり知れぬものなのです。それを失った山は、恐ろしい勢いで衰えていきます。魑魅魍魎は人には害をなしますが、崩れる山を支える力も持っております。棲みかを失って困るのはやつらも同じでございます」

「お供の烏天狗たちを麓に置いて、凜海坊さま一人で入山なさるって言ってたから、ものすごく殺伐としてるんだと思ってた」

「殺伐としてはおります。魑魅魍魎どもは人にかぎらず侵入者を排除しようと動きますので。しかし、天狗が神通力にて応戦すれば、山を傷めます。凜海坊さまがお一人で入山なさるのは、この山が少しでも長く持ちこたえられるよう、魑魅魍魎どもを増やさず減らさず管理なさっておられたからではないでしょうか」

生まれた山を久比山と同じような事情で失い、山替えして不動山にやってきた白翠と長尾の言葉は悲しく、重みがあった。

「襲ってくる魑魅魍魎たち相手に、六花が存分に力を揮《ふる》えば、久比山は大変なことになるだろうね」

ようやく事態が吞みこめて、雪宥の胸に新たな不安が湧いてきた。

剛籟坊が六花をうまく捕獲してくれるといいのだが、と思ったとき、山腹で赤いものが光って爆発した。ゴゴーッという地鳴りがして、地面が激しく揺れる。

――六花の神通力だ！

激しい風が吹き、雪宥は片手で目元を押さえた。

放たれた気の塊のようなものがなにかにぶつかり、四方八方へ飛び散ると、樹々がめきめきと音を立てて倒壊し、地崩れが起きた。

六花が放ったと思われる神通力の凄《すさ》まじい威力を感じる。大きな火花が突風とともに、雪宥たちがいるところまで飛んできた。

「……っ！」

白翠と長尾が雪宥の盾になろうとしたが、雪宥はそれより早く防御壁を作っていた。場慣れしていないだけで、剛籟坊の精を毎日浴びている雪宥のほうが、烏天狗たちの何百倍も濃く上質な神通力を蓄えている。

感覚を研ぎ澄ませれば、多方向へ一気に放出されてしまった六花の力を、剛籟坊が山を傷つけないように細かく包みこもうとしているのがわかった。

魑魅魍魎を綺麗に吹き飛ばした力は、渦を巻いて山を破壊しにかかっている。うかつに弾き飛ばせば被害が広がるため、剛籟坊も手こずっているようだ。

「剛籟坊……！」

雪宥は無意識のうちに、胸元に手をやった。

摑んだのは、剛籟坊にもらった剛籟坊の羽根で作られた首飾り。彼の神通力がこの首飾りに宿っていて、剛籟坊がそばにいないときでもこれを握ると安心する。

ここで待てと、剛籟坊は雪宥に言った。言いつけどおり待っているのが、正しい伴侶のあり方かもしれないが、雪宥には無理だった。

それに六花はかかさまっ子で、雪宥がいたほうが落ち着いてくれるかもしれない。

首飾りを握り、雪宥は浮き上がった。剛籟坊と六花のところへ行く、その思いだけで発動した飛行術は、翼もないのに一息に雪宥を山腹まで運んだ。

どこをどう飛んだのか、雪宥自身にもわからないまま、気づけば荒れ狂う神通力の嵐のなかに放りこまれていた。

剛籟坊と六花の姿が見えた瞬間、土の上に投げだされ、風の勢いに煽《あお》られて剛籟坊の足元まで転がる。

「雪宥……っ！」

「……へ、平気！　手伝う……！」

剛籟坊の脚を支えに身体を起こし、口を開くのも大変な暴風のなか、なんとかそれだけを伝えたら、剛籟坊が険しい顔で叫んだ。

「離れていろ！」

「……離れ、ない！」

叫び返して、雪宥は剛籟坊がやっていることへの同調を試みた。

飛ぶのは苦手でも、身を守るための防御の壁を作る防御術は、最初から得意中の得意だった。弾かないように細心の注意を払い、土に水を吸わせるがごとくに吸収する。

六花を探すと、大岩のそばに呆然とした顔でへたりこんでいた。

忘却池の結界を破ったときと同じ、軽い気持ちでエイヤッとやったのだろう。それが予想外の大惨事を引き起こし、どうすればいいかわからなくなっている。

飛んでいって抱き締めてやりたいが、このままではそばに寄ることもできない。

子どもの後始末は親の責任だ。雪宥は剛籟坊と力を合わせることに集中した。

六花は剛籟坊と雪宥が神通力を練り上げて作った子である。剛籟坊の張った強固な結界を雪宥がくぐり抜けてしまうように、親和性が高い。

攻撃的で膨大な気の流れをひたすらに受け止めつづけ、疲労で眩暈がしてきたころ、やっと力が弱まって消えた。

「……はっ、はぁ……っ」

負荷がなくなり、雪宥は地面に座りこんだ。

「よく頑張ったな。助かった」

剛籟坊が跪き、荒い呼吸に上下する雪宥の背中を撫でてくれる。

役に立たないことのほうが多い雪宥には、最大級の褒め言葉だ。顔を上げれば、剛籟坊の服はところどころ破れ、燃えて黒くなっていた。

雪宥の恰好も似たようなものだ。顔に煤《すす》でもついていたのか、剛籟坊の指が雪宥の頬を拭った。

「六花」

服の下で、打ち身や火傷の痛みを感じたが、今はそれどころではない。

雪宥は震える足を無理やり立たせ、六花に近づいた。剛籟坊も隣に来て、膝をついた。

「か、かかさま……ととさま」

六花は見開いた目からぽろぽろと涙を零しながら、ほとんど瞬きもせずに雪宥と剛籟坊を見ていた。

六花と会うのは数ヶ月ぶりだが、人間の時間で過ごしている彼はまだ八歳のまま、間越山で別れたときと変わっていない。

八歳に至るまでの成長が早かっただけに、六花の幼さが際立って感じられた。表情はあどけなく、手足は細くてひょろっとしている。

袖や袴に引っかけたような綻《ほころ》びはあったものの、出血はしていない。

「怪我はしていない？　どこか痛いところはあるか？」

ざっと目視で確認したあと、薄くて頼りない肩に両手を置いて、雪宥は訊いた。

「……ない。ごめんなさい」

「凜海坊さまのお許しもなく、勝手に聞越山を出てきたね？　いけないことだと、わからなかったのか？」

「でもおれ、ととさまの記憶を……。だっておれのせいだから。ととさまに、かかさまとおれのこと、ううっ、思い出してほしくて……っ」

しゃくり上げながら途切れ途切れに話す六花が可哀想で、抱き締めたくなってしまうのを、雪宥はきゅっと両手を握って堪えた。

先にきちんと言い聞かせて反省を促さないと、同じことを繰り返しそうな気がする。

「自分でなんとかしたかったんだね。だけど、凜海坊さまにはきちんとお話しするべきだった。記憶を戻す薬草があることを、凜海坊さまはご存じだったけど、隠しておかなければならない事情があった。それは聞越山を守るために必要なことなんだ。一山を統べる大天狗さまには、深いお考えがあるんだから、修行中で未熟なお前が暴走して勝手なことをしてはいけない。たとえどんな理由があっても。わかるか？」

「……うん」

「天狗は山に棲むものだ。山がなければ居場所を失う。たとえ主がおらぬ山でも、敬意を払え。魑魅魍魎が跋扈するのはたしかにいいものではないが、山への被害を考えずにすべてを吹き飛ばすなどもってのほかだ。お前は自分の神通力の強さ、大きさを自覚し、行動の前には必ずよく考えろ。忘却池の結界のことといい、お前の独りよがりの無鉄砲のおかげで、凜海坊どのにもどれほどの迷惑をかけたと思う。反省しろと俺が言ったのを忘れたか」

「うっ、ごめんなさい……っ」

剛籟坊の厳しい言葉に、六花は俯いて嗚咽を噛み殺していた。

強く叱責されて、己の考えの浅さを悔やんでいるのだろう。頑是ない子どものように声を張り上げて泣くこともせず、雪宥に甘えてしがみついてくることもなく、一人で立って父の言葉を受け止めている。

これで、行動を起こす前に思案するという習慣が身につけばいいと願う。

「剛籟坊はお前を心配してるんだよ。お前のことが大事だから、叱《しか》るんだ。間違ったことをしてほしくないから。記憶をなくしたって、剛籟坊はお前のととさまだ。お前が大変なときには、どこへでも必ず駆けつける。いつだってお前のことを考えてる。俺も同じ。怪我もなく、無事でよかった」

本当の意味で無事でよかったのは久比山のほうだが、六花も無傷で安心した。いくら強くても、雪宥にとってはたった一人の可愛い息子なのだ。

「お、おれ、かかさまに笑ってほしかった……！　おれがカンゲンソウを採ってくれば、全部元通りになると思ったんだ」

乱れてぼさぼさになっている六花の髪を、雪宥は優しく撫で梳《す》かした。

「お前の気持ちはよくわかる。剛籟坊が俺たちを忘れてしまったとわかったときは、すごく動揺したし、思い出してほしいと思ったよ。でも、記憶がなくても剛籟坊は俺たちを愛してくれていて、今までとなにも変わらなかった。お前は修行に出てしまって、いつも一緒にはいられないけど、俺たちはこの先もずっと家族だ。忘れても、離れてても、つながってるものがあると気づいてほしい」

「うん……」

「だから、二度とこんな無茶はしないでくれ」

「……しない。無茶も勝手もしない……っ」

「約束できる？」

「できる！」

はっきりと答えて雪宥を見上げた顔は、泣き濡れてはいたが、引き締まっていて、少しだけ大人になったように見えた。

「俺もお前がそこまで思いつめるとは思わなかった。聞越山から帰るとき、もっと話をすればよかったな。すまなかった」

剛籟坊の言葉に、六花は首を横に振った。

「おれ……」

なにか言おうとして、剛籟坊と雪宥のぼろぼろになった恰好に初めて気がついたらしく、大きな目を見開いて叫んだ。

「か、かかさま！　ごめん、ごめん……！　おれのせいで、かかさまが怪我をした！　おれの力がかかさまを……」

剛籟坊のほうがひどい恰好なのだが、剛籟坊はなにがあっても大丈夫だと信頼しているのか、六花は雪宥しか見ていない。

この近視眼的な性格は、間違いなく剛籟坊似だと雪宥は思う。

「これくらい平気だ。舐めたら治るよ」

「舐めたら？　凜海坊さまの傷薬でなくてもいいのか。じゃあ、おれが舐めてやる」

「六花、かかさまを舐めるのは俺に任せておけ。全身くまなく舐めて治す」

「おれも舐めて治したい」

「お前は駄目だ」

「かかさまに決めてもらおう」

「俺に決まっている」

二人に見つめられ、雪宥は菩薩《ぼさつ》のごとく慈愛に満ちた笑みを浮かべて両方断った。

「俺の怪我は舐めても治らない。適当なこと言って悪かった。二人とも忘れてくれ」

そんな馬鹿な、みたいな顔をして未練がましい視線を向けてくる六花と剛籟坊は、顔立ちは違えどそっくりだった。

「御山に帰ろうか」

「待って、かかさま。おれ、カンゲンソウをまだ採ってない」

「この時期のは使えんそうだ」

伝書天狗から受けた説明を剛籟坊が話すと、六花はしょげた。自分の行動のすべてが無駄だったとわかったのだ。

剛籟坊は親らしく説教をした。

「盗み聞きなどして、真偽を確かめることもせずに飛びだすからこうなる。その軽はずみな行動、改めねばならんぞ。凜海坊どのによくよく謝って、許しを請え」

「はい」

「お前なりによかれと考えて行動したのはわかっている。お前の気持ちは嬉しく思う」

「……うん」

剛籟坊の声が和らぐと、六花は少し持ちなおしたふうに頷いた。

六花を育てたことを忘れてしまっても、立派に父親をやっている剛籟坊を、雪宥は眩しげに見つめた。

「雪宥に怪我をさせたことは、俺も反省せねばならんな。俺がついていながら、お前をこんなに汚すとは」

「俺なら平気だよ。怪我なんて、ほんとたいしたことないし。汚れは洗えば落ちるよ」

「大丈夫。ちょっとくらい汚れてても、かかさまは世界で一番可愛いぞ」

「ませたことを言うな。それは俺が言う台詞だ。雪宥、お前はどんなときでも可愛く、美しい自慢の伴侶だ。愛している」

「おれも！　おれもあいしてるー！」

交互に愛を叫ばれ、雪宥も感極まって、俺も二人を愛してるぞと叫び返そうとしたが、ぎりぎりで思いとどまった。

うっかりそんなことを言ったら、どっちが一番か選べと迫られるかもしれない。

「二人ともありがとう」

雪宥は過去の経験を活かし、にこやかに礼を述べることで危険を回避した。

カンゲンソウが咲く時期に、剛籟坊の記憶は戻せる。なくてもかまわないと、今でも思っているけれど、やはり嬉しく感じてしまう。

知らず知らず微笑む雪宥を、剛籟坊がもの言いたげに見つめているのに、雪宥は気づかなかった。

9

二ヶ月後、カンゲンソウを使った秘薬が不動山に届けられた。

凜海坊が約束どおり錬成し、使いの天狗に持たせてくれたそれは、松竹梅に鶴が描かれたおめでたい柄の派手な風呂敷に包まれている。

両手にあまるほどの量の粉末を風呂桶いっぱいの水か湯に溶かしこみ、そのなかに全身を沈めれば、失った記憶が戻るそうだ。

入浴剤みたいな薬だな、と雪宥は思ったが黙っていた。

久比山騒動のあと、六花は着替えをしに不動山に戻り、すぐさま聞越山に帰った。久比山にも一人で行けたし、一人で帰ってきちんと凜海坊に謝ると言うので、そうさせた。底なしの体力、神通力である。

剛籟坊からも事情を説明する書状をしたためて送り、聞越山では無事に祭祀が終わって、六花も身を入れて修行に励んでいるという返事も来て一安心だった。

六花のことに関しては。

「……雪宥」

「はい」

硬い声の剛籟坊に呼ばれ、雪宥もかしこまった返事をした。

「この秘薬を俺に使ってほしいか」

来た。雪宥は肩を竦《すく》めた。

記憶を戻せる薬があると知ってから、剛籟坊の態度がおかしくなった。雪宥が誕生したときを知り、二十歳で伴侶にしたのち六十年近くともに暮らした四百三十九歳の剛籟坊に、やたらと嫉妬するのである。

剛籟坊が雪宥になにをしてくれたのか、雪宥は剛籟坊のどんなところを好ましく思っているのか詳しく聞きたがり、雪宥が正直に答えると不機嫌になる。答えずに黙っていたら、答えるまで絡んできて、そしてやっぱり不機嫌になる。

「今の俺より、前の男がいいか。そんなに恋しいか」

しまいには、自分のことなのに前の男呼ばわりして責めてくるから手に負えない。

「俺にしたら、どっちも剛籟坊なんだから、比べられないよ」

「だが、前の男に戻ってきてほしいのだろう。秘薬がいつ届くか、お前は待ち遠しそうにしていた」

雪宥は秘薬が包まれた風呂敷を、ちらっと見た。

待ち遠しくなかったといえば、嘘になる。雪宥のなかにある剛籟坊の思い出を、剛籟坊自身と共有したいと考えるのは、悪いことではないと思う。

記憶を戻す方法がないならともかく、秘薬を使えば戻せるのだ。

「その秘薬を使うか使わないかは、剛籟坊に任せるよ。俺からはなにも言わない」

「使わなくても、文句を言わないと？」

「剛籟坊がそうしたいなら、それでいい」

「文句を言いたいが、我慢するということか」

「我慢っていうか……」

雪宥は困って目を閉じた。

剛籟坊が聞きたい返事はわかっていた。

前の男より、今の剛籟坊のほうが好きだ、最高だ、愛してる、前の男なんかどうでもいいと言ってほしいのである。

そうと知りつつ言わないのは、雪宥のなかに今の剛籟坊と同等の、前の剛籟坊への愛情があるからだ。

記憶が戻らないと思っていたときは、今の剛籟坊が最高で唯一の男だと明言することができた。新しい恋が始まり、記憶のない剛籟坊を誰よりも愛していくのだと決めていた。

剛籟坊も、雪宥の記憶のなかの剛籟坊について多少は気にしながらも、今みたいにいやみったらしく、前の男と比べてどうこうとは言わなかった。

それが、どうしてこんなことになったのか。

前の男が、前の男に、と剛籟坊に責められるうちに、雪宥のなかにも「前の男」というべつの男が存在していたかのような、妙な気持ちが湧き上がってくるようになった。

前の男は、雪宥が心底愛した男で、なにをどうしたって忘れられない。初めて身体を開かれ、性交の喜びを教えられ、愛される幸せで満たしてくれた。

なにより、雪宥はその男のややこを産んだ。

そして突然、最愛の男がいなくなり、新しい男が現れた。

容姿も声も性格もなにもかも前の男とそっくりな新しい男は、雪宥の過去の経験に嫉妬して、記憶を上書きするかのごとく求めてくる。

嫉妬の引き金になったのは、貞操帯かもしれない。

久比山から帰ってきて六花を送りだしたあと、雪宥は剛籟坊に押し倒され、大変なことになった。

打ち身や火傷のある身体を気遣いつつも、剛籟坊は初装着から使用頻度について、重箱の隅を楊枝《ようじ》でほじくるように詮索したのだ。

雪宥はなすすべもなく、貞操帯をつけたまま着物の裾をまくり上げ、尻を突きだして見せたとか、恥ずかしい孔を舐めまわされて達しそうになったとか白状させられ、貞操帯の革が陰茎や孔に擦れる感触がどのように気持ちいいのかを詳しく説明させられた。

のみならず、途中から剛籟坊は貞操帯で雪宥が守っている貞節を、奪う男に変わった。

「小賢《こざか》しい。こんなもので俺を阻《はば》めると思ったのか？　残念だったな。お前を奪ってやる。お前は俺のものになるんだ」

　別人の体《てい》でそう言われると、雪宥も前の剛籟坊が恋しいやら、裏切っているような気になってくるやらで、思わず抵抗してしまった。

「い、いや……やめて、入れないで……」

　雪宥の拒否が、剛籟坊にさらなる火をつけた。

「これが入れずにいられるか。いやらしくうねるお前のなかを、俺のもので隅々まで調べてやる。お前も比べてみるといい。俺と前の男と、どちらがお前にぴたりとはまるか」

「やめて、やだ、やっ、入れちゃ……だ、めっ、あ、あー……っ！」

　すでに後孔は舌で舐め溶かされていたので、挿入は滑らかだった。

　四つん這いで突きだした尻を振るようにして奥まで入ってくるのを阻止しようとしたが、無駄だった。

　馴染みきった肉棒の侵入に、雪宥の肉襞は喜んで絡みついていく。

「吸いついてくるぞ、お前のほうから。そんなに気持ちいいか」

「ああっ、あ、あぁ……っ」

　ゆったりと突き上げられて、雪宥は喘いだ。侵入を拒んだはずの尻が、摩擦を受けて早くも蕩けそうになっている。

剛籟坊は雪宥の尻を摑み、勝手に動かし始めた。

抜くときには遠ざけ、入れるときには引き寄せる。肉と肉がぶつかり、ぱんっという音が響く。

「さぁ、雪宥。どっちの男が好みだ？」

「……っ」

雪宥は両腕に顔を埋めて、いやいやと首を横に振った。選べるわけがなかった。

「前の男は、こんなふうに突いてくれたのか？」

緩やかな律動が一気に激しくなった。雪宥の尻は固定して、ずんずんと肉棒を奥へ突き入れてくる。

「やっ、やっ！　やぁん……！」

そんなに強く擦られたら、もたない。愉悦を逃そうと、動かせる上体をくねらせてみたものの、なんの役にも立たなかった。

「いきそうか？　いってもかまわんが、精は漏らすな。俺がお前のなかに出したあとで、口で吸いだしてやる」

無情な命令に、身体は怯《ひる》むどころか喜んだ。

熱い精液がなかに注がれる感触や、いやらしく動く舌で陰茎を舐められ、喉の奥まで吸いこまれて射精するときの快感、そんなものを想像するだけで限界が訪れる。

「いや……、いやぁ……！」

腰をがくがく震わせて、雪宥は絶頂を迎えた。

言いつけどおり、精は漏らさずに堪えきったが、下肢の疼きがひどい。両膝は自重を支える力を失っているのに腰が落ちないのは、剛籟坊が支えているせいだ。

剛籟坊の肉棒には、まだ余裕がある。硬くて、長持ちなのはよく知っていた。

逞しいそれで絶頂後の肉襞を可愛がられたら、すぐにまた達してしまう。今度は耐えきれるかどうか自信がない。

「う……っ、もうやだ……。抜いて、お願い」

涙が出てきて、鼻を啜った。気持ちよすぎてつらかった。

「なかに出したら、抜いてやる。奥に出されたいか、それとも手前のほうがいいか」

「……お、奥のほう」

ぐずって拗ねた声で、それでもしっかり希望を告げると、剛籟坊が笑った。顔は見えないが、つながっている肉棒の揺れでわかった。

必死で我慢しているのに、不用意に揺らして雪宥がうっかり射精してしまったら、剛籟坊はどうするのだろう。

前の男である剛籟坊なら、しようのないやつだと甘やかしてくれる。今の剛籟坊ならきっと、言いつけを破ったなと叱ってきそうだ。

叱られてみたい。いやらしいお仕置きをされてみたい。

前の男のほうが俺の身体に合うと言って、嫉妬した剛籟坊に責められ、泣いて許しを請いたい。

そんな被虐的な考えが浮かび、頭から離れなくなった。

剛籟坊が射精に向けて律動を始めると、悪魔の囁きに身を委ねるように、雪宥は己を制御する枷《かせ》を外していった。

「……雪宥、雪宥！」

「えっ、はい！」

前の男と今の男の、嫉妬にまみれたあれこれを思い出していた雪宥は、剛籟坊の声で我に返った。

「なにを考えていた」

「剛籟坊のことだよ」

この状況で、剛籟坊以外のことが考えられるだけの度胸とか余裕があれば、前の男と張り合おうとする剛籟坊をもっとうまくあしらえるだろう。

「どちらの？」

「どっちも」

「こういうときは、目の前にいる俺のほうだと言え」

いちいち面倒くさい。

だが、この焼きもち妬きの男の面倒くささが、雪宥はいやではなかった。雪宥を寝取ろうと執拗に迫ってくるのが、むしろ癖になってきつつある。

貞操帯をつけてする行為は剛籟坊も気に入ったのか、何度もやらされた。卑猥な肉棒比べを強要され、強引に奪われて、屈服させられる。

前の男を裏切っているような罪悪感、貞淑が自慢の肉体を汚されてしまったような背徳感が、雪宥をぞくぞくさせた。

こんな性癖を身につけて、剛籟坊しか知らなかったもとの生活に戻れるのだろうか。

今も昔も剛籟坊しか知らないのに、そんなことを考えるあたり、雪宥もかなり剛籟坊に毒されてきている。

おもしろくなさそうな顔の剛籟坊と秘薬を見比べて、雪宥は以前から気になっていたことを訊いた。

「あのさ、剛籟坊が記憶を取り戻したら、記憶を失っていた間の記憶はどうなるのかな。人間の小説なんかじゃ、もとの記憶が戻ると同時に忘れてしまうことが多いんだけど」

「覚えているに決まっている」

剛籟坊はさも当然のように言った。

「そういうものなの？」

「俺がお前を忘れるはずがない」

「忘却池に落ちたときは俺のこと、忘れてたよね」

「そのときとは違う。今言っても詮ないことだが、あらかじめ忘却池の水を被ればどうなるかということがわかっていれば、忘れぬように対処できたはずだ。俺ならば」

忘却池に落ちて記憶を失ったのは、不意を衝かれて一生の不覚になっただけで、今度は使うと決めて秘薬を使うのだから対処も万全だと、そういうことらしい。

有言実行の剛籟坊なら、できそうな気がする。

つまり、雪宥が新しく恋を始めようとしたことも、貞操帯をつけながら寝取られるにあたって曝した痴態についても、すべて覚えているわけだ。

「記憶を取り戻した俺が一番にするのは、今の俺に奪われていたお前を奪い返すことだろう。

……考えると、気に食わんな」

「なにが？」

「お前を奪われるとわかっていることがだ」

だから、どっちも同じ剛籟坊じゃないか！　と何百回もしてきた突っこみを懲りずにしたかったが、無駄だとわかってもいるので呑みこんだ。

記憶が戻れば、今の剛籟坊がしていることこそ、気に食わないと感じるだろう。前の男、今の男、そして戻ってきた男、すべてを抱えて剛籟坊はどうやって折り合いをつけるつもりなのか。

「なんか、こんがらがってきた。俺の剛籟坊はどれなんだろう。どれを選んだら、正解なのかな」

雪宥は頭を抱えて、ぼやいた。

困ったことになったとは思うが、深刻に悩んでいるわけではなかった。雪宥にとって、奪ったとか奪われたとかいうのは、言葉上の問題、あるいは感覚的な差異に過ぎない。

記憶をなくせば、なくした剛籟坊と恋から始めるし、記憶を取り戻せば、もとに戻った剛籟坊と愛を深める。

しかし、もともとは一人の剛籟坊であり、その肉体はひとつきりなので、表面上、雪宥は誰も裏切っていないことになる。

ところが、その不用意な発言が、剛籟坊のスイッチを入れてしまったようだった。

「……どれを選んだら、だと」

「ご、剛籟坊?」

不穏なものを宿した目を爛々《らんらん》と光らせた剛籟坊がのっそりと近づいてきて、尻込みする雪宥を抱き上げた。

「秘薬を使うのはあとまわしだ」

「使うって決めたのか?」

「ああ。お前について知らないことがあるのは、やはり不愉快だからな。烏天狗たちが知っていて、俺が知らぬこともある。御山の変異や他山の天狗たちのことも、思い出すに越したことはなかろう」

天佑坊《てんゆうぼう》たちを土牢に閉じこめていること、銀嶺坊と絶縁していることを、剛籟坊は烏天狗たちから聞いたようだった。そのあたりも踏まえての判断だろう。

「……うん。それがいいかもね」

「だが、それより先にやることがある」

「やることって?」

「俺はどうしても、今の俺がお前の一番でなければ気がすまないようだ。お前に俺を選ばせてやる」

二間つづきになっている座敷の襖を開けると、その部屋にはきちんと褥が用意されていた。剛籟坊と雪宥が仲睦まじくすることに全精力を傾けている蒼赤の仕事に抜かりはない。

「今日こそ言わせる。俺が最高だと」

褥に放りだされた雪宥は、身を翻《ひるがえ》して逃げようとしたが、帯を掴まれて引き戻された。背中からのしかかられ、身体をまさぐられる。

「待って剛籟坊、ちょっと落ち着こうよ……！」

「俺なら落ち着いている」

雪宥は往生際悪くもがいていたが、やがて力を抜いて身を委ねた。

「どうだ、雪宥。気持ちいいか」

仰向けに寝た上に雪宥を跨らせて、剛籟坊は下からずんずんと突き上げていた。

「あっ、あっ、あっ……」

雪宥は上体を支えていられず、剛籟坊に突っ伏して喘いだ。

奥まで入った状態で、小刻みに素早く突かれるとたまらなくなる。同じ動きを延々と繰り返してほしいが、ときどき大きく揺すぶってもらいたい。

愛されることに慣れた雪宥の肉襞は我儘《わがまま》なのだ。

堪え性のない身体なので、雪宥はすでに三回達している。精液を出したのが一回と、あとの二回は出すことを許されなかった。

その三度の絶頂を、剛籟坊は雪宥のなかに挿入した肉棒ですべて味わい尽くした。

蠕動する媚肉を巻きつかせ、きゅうきゅうと締めつけて絞り上げても耐えきってしまう肉棒の逞しさに、雪宥の腰が砕けそうだ。

「ん、んんっ」

剛籟坊の動きが止まってしまい、雪宥はぐったりと伏せていた顔を上げた。

目が合うと、剛籟坊がふっと笑った。

「いやらしい顔をしている。だが、美しい。達しているときの顔も、達するのを我慢しているときの顔も、どちらも可愛い」

「み、見るなよ、恥ずかしいから」

「恥ずかしがる顔も好きだ。このまま、もう一度いけ。顔は隠すな」

「……いやだ。剛籟坊の、動かしてほしい」

いけと命じておきながら、剛籟坊は動こうとしない。

雪宥が腰を持ち上げようにも、脚に力が入らなかった。

肉棒は半分くらい入ったところで止まっていて、もっと奥まで欲しくなる、中途半端な位置だった。

もの足りなさから、内壁が勝手に肉棒に絡みつき、捻り上げていく。剛籟坊の形がはっきりとわかった。

たったそれだけなのに、雪宥の身体が勝手にのぼりつめる準備を始めてしまう。

「んぅっ、んー……っ」

雪宥は焦った。

動いているのは、雪宥の体内だけである。止めようとしても、止まらない。剛籟坊は微動だにしておらず、雪宥が勝手に剛籟坊の肉棒を使って、自慰をしているようなものだ。羞恥でいっそう身体が熱くなる。

「雪宥、俯くな。気をやるときは、きちんと言え」

「……っ、やだ、剛籟坊……ゆるして」

真っ赤な顔で涙ぐみ、雪宥はどうにかして踏みとどまろうとした。

しかし、身体が言うことを聞かなかった。

「あっ、あっ、いやっ……、だめ、いや、いく……っ、いや、やぁぁ……っ！」

剛籟坊に見られながら、雪宥は絶頂に達した。

跳ね上がる腰を、剛籟坊がしっかりと抱き締めてくれている。激しく収縮する媚肉が肉棒を包み、圧迫した。

柔襞を押し返してくる、その硬質な存在感に身悶えた。

「あーっ、あーっ」

極まったことで全身に力が入り、雪宥の尻が淫《みだ》らな舞いを舞い始めていた。腰を前後に動かして、なかで密着している怒張に擦りつける。

精液は放っていなかったようで、区切りのない絶頂は長くつづき、頂点からなかなか下りてこられない。

剛籟坊が雪宥を乗せたまま上体を起こし、褥の上に横たえた。雪宥の脚を大きく開かせ、腰を抱えて、剛直を奥まで差しこむ。

「まって……！　俺、いってる……まだ、いってるからぁ……っ」

「ああ、いってるな。お前のなかが俺に懐いてくる。乳首もこんなに勃たせて、可愛らしい」

「ひっ……！　やっ、や……っ！」

「乳が出てきた。お前の身体から出るものは、なにもかもが甘くて美味い」

乳頭から滲む汁を、剛籟坊は指で掬って舐めた。深くつながりすぎて、唇が乳首まで届かないのだ。

乳首を吸ってもらえないのが残念で、剛籟坊の唇や舌をじっと見つめてしまう。

円を描くように捏ねまわしていた腰の動きが変わり、抜き差しが始まった。

「あぁん、あぁ……っ」

絶頂に引きつる内壁を抉り抜く激しさに、雪宥の頭が真っ白になっていく。無意識のうちに、剛籟坊の腰に両脚を絡め、離れないように引き寄せていた。

剛籟坊は視線を合わせつづけることによって、雪宥が目を閉じることを許さなかった。追いつめられていく顔を観察されていても、もはや恥ずかしさは感じない。

愉悦が羞恥をどこかへ押しのけていた。

「うっ、うう……んっ、はぁ、あ……」

穿たれる喜びを噛み締め、見つめ合ったまま絶頂を待つ。陰茎がはちきれそうになっていて、早く弾けたいと先端からしとどに蜜を零している。

突き上げが速くなり、射精を伴う絶頂の兆しを摑んだ瞬間、剛籟坊が動きを止めた。

「お前を抱いているのは誰だ？」

なにを訊かれたのかよく理解できず、ぼうっと視線を投げていたら、繰り返された。

「お前のなかに入って、喜ばせているのは誰だ？」

「……剛籟坊」

「いい……」

「気持ちいいか？」

「お前の初めてを奪った前の男と、どちらがいい？」

雪宥は顔をしかめた。

剛籟坊の腰がじりじりと引かれて、先端を残したところで静止した。

こんなところで止められたら困る。雪宥は腰を突き上げ、剛籟坊をなかに戻そうとしたが、戻したぶんだけまた外に出された。

「……抜かないで」

「抜いてほしくないなら、答えを」

自分の指を噛んで、雪宥は耐えた。

掴み損ねた絶頂を求めて、身体が震えてくる。のぼりつめる直前で梯子《はしご》を外された失望感は、言葉にはできないほどだ。

浅瀬で、剛籟坊が腰を揺すった。

「あっ、あっ」

そのまま突き入れてほしいのに、奥まで来ない。空洞になった肉筒が、寂しがってうねり始めた。

「入れてほしいか?」

「うん、うんっ」

「なにを?」

「……ご、剛籟坊の硬いの。太くて長いので、俺のお腹、いっぱいにして」

「俺は前の男より、硬いか?　太くて長くて、腹の奥まで届くのか?」

「……っ、うん」

雪宥は霞んだ頭で頷いた。剛籟坊が欲しくて、なにも考えられない。

褒美を与えるみたいに、剛籟坊は一度だけ強く突き上げてきた。腹の奥まで届かせて、歓喜に湧く肉襞を先端で捏ねてから、引き抜く。

「あぁ……っ!　い、やっ!」

大きな声を出してのたうつ雪宥を、剛籟坊が押さえつけた。

あんなに気持ちいいものが、戻ってこない。あと二、三回突いてくれたら、達けたかもしれないのに。

「お前が一番愛しているのは誰だ」

「剛籟坊……っ」

「どの？」

「……うぅっ」

また奥を突かれて、雪宥は仰け反った。

しかし、絶頂にはまだ足りない。剛籟坊は雪宥の身体を、雪宥以上に知っているのだ。記憶を失っても一から探って、こんなふうにたやすく雪宥を追いつめる。隠せることなどなにもない。

「……今の」

蚊の鳴くような声で囁く。

「もっとはっきり言え」

「い、今、俺のなかに入ってる剛籟坊……！」

ついに雪宥は観念した。

「やっと言ったか」

機嫌よく笑う剛籟坊の顔が、涙でぼやけた。

本当は選びたくなかった。今の剛籟坊を愛しているのは事実だが、前の男とこれから取り戻す男も同じだけ愛している。

後悔に似た気持ちと、これで達かせてもらえるという安堵がせめぎ合う。

「あぅう……っ！」

待ち望んだ深いところを、硬い肉塊で貫かれた。生き物のように肉襞がうねり、それに絡みつく。

突き上げが激しくなるごとに、絶頂以外のことは考えられなくなった。

「ああっ、いく、いく……っ！」

いくらももたずに、雪宥は叫んだ。

「いいぞ。お前のなかに出してやる」

奥へ捻《ね》じこまれた剛籟坊が膨れ上がり、熱いものが噴きだした。精液が叩きつけられる感触に、雪宥の背筋が反り返る。

雪宥自身も精液を放ちながら、歓喜によがり狂った。最後の一滴まで吸い上げようと、肉襞がきゅっきゅっと締め上げる。

剛籟坊は余韻を楽しむように、いつまでも雪宥のなかにとどまっていた。

エピローグ

雪宥はぐったりして、褥の上に寝そべっていた。

湖畔の屋敷は消してしまい、今は御山の東と南の間にある屋敷で過ごしている。転成の祝宴後に新婚旅行で訪れた屋敷だ。

凜海坊が作ってくれた秘薬を使って、剛籟坊は記憶を取り戻した。五月に記憶を失い、今は二月、その間八ヶ月ほどの記憶も、もちろん有している。

雪宥が危惧したとおり、剛籟坊はその八ヶ月のなにもかもが気に入らなかった。

休息の間も与えられず、理不尽な嫉妬に曝される日々が再びやってきたのである。こうなるとわかっていたから記憶のない剛籟坊を選びたくなかったのに、快楽に負けた自分の身体が恨めしい。

襖が開いて、剛籟坊が戻ってきた。湯呑みを載せた盆を手に持っている。

「花の蜜を湯で溶かしたものを持ってきた。喉が痛むんだろう。飲め」

剛籟坊は盆を畳の上に置き、雪宥が身体を起こすのを手伝ってくれた。自力で座っているのがつらくて、剛籟坊にもたれかかる。

口元まで運ばれた湯呑みを受け取り、雪宥は一口飲んだ。甘い蜜の味が口に広がる。

「美味しい。剛籟坊が作ってくれたの?」

「ああ」

「ありがとう」

喉が痛むのは、剛籟坊に抱きづめにされているせいだが、手ずからこういうものを用意してくれるのは嬉しい。

記憶を取り戻してから、雪宥は服を着る間もなかった。

今は単衣を羽織っているだけで、帯は結んでいない。きちんとしても、すぐに裸に剝かれてしまう。

記憶を取り戻す前にも一日中抱かれていたので、全裸ときどき貞操帯生活は今日でもう四日になる。

剛籟坊に抱かれて精を注がれると、雪宥の神通力も増大して元気になるはずなのだが、気分の問題なのか、身体が重かった。

喘ぎすぎて声も嗄《か》れるし、可愛がられつづけている尻の感覚もおかしく、つねになかに肉棒が入っているようで落ち着かない。

雪宥が湯呑みの中身をちびちびと飲んでいる間、剛籟坊は雪宥の髪を撫でたり、濡れた唇を指先でなぞったりした。

「お前を忘れるとは思わなかった。こんなにも愛しいものを。すまない」

剛籟坊が悔恨にまみれた声で言った。

最愛の伴侶の名前を忘れ、雪宥本人に訊ねたことが慚愧《ざんき》に堪《た》えないらしく、こうして何度も謝ってくる。

「思い出してくれたからいいよ」

雪宥は剛籟坊の胸元に、頭をすり寄せた。

六歳のときに初めて剛籟坊に会ったときも、二十歳で再会したときも、雪宥は名乗らなかった。剛籟坊が雪宥のことを知っていたからだ。

名前を訊かれたときの衝撃は忘れられないが、忘却池に落ちたのも、忘れたのも剛籟坊の責任ではない。

雪宥がそれで剛籟坊を責めたことは一度もなかった。責めても仕方がないし、責める筋合いでもない。

しかし、剛籟坊は違った。

「思い出さなければ、お前は俺を忘れて、新しい俺とよろしくやるつもりだったんだな。ずいぶん楽しんでいたようだが、若い俺はそんなによかったか?」

謝っていたと思ったら、これである。

雪宥は空になった湯呑みを、剛籟坊に押しつけた。

「若いって、身体は今と同じじゃないか。ちょっと気が若かっただけで」

四百三十九歳が三百二十九歳に戻ったところで、目に見えて若々しさが溢れてくるわけではないのに、剛籟坊も案外厚かましい。

「気の若い俺に熱心に口説かれて、嬉しそうだったな」

「そりゃ嬉しいよ。剛籟坊に口説かれてるんだから」

「俺がお前のことをなにも知らないと思って、大胆なことをしていた。自分で乳首を摘んで乳を出して吸わせるなど、俺にはしたことがない」

「……っ」

雪宥は視線を泳がせた。いつか言われるんじゃないかと恐れていたことを、とうとう言われてしまった。

あのときは、剛籟坊をよくしてあげたい気持ちでいっぱいだった。雪宥を伴侶に娶ってよかったと思ってほしかったのだ。

「やってくれ。俺にも同じことを」

「……駄目。今は身体が感じやすくなってて、自分じゃ触れないし、きっと出ない。剛籟坊がさっき吸い尽くして、もうないよ」

「では、溜まるまで待とう」

どうしてもやらされるようで、雪宥は思わず後悔した。剛籟坊を愛するあまりにテンションが上がってしまい、とんでもないことをしてしまった。

あれは記憶喪失の剛籟坊への特別サービスだ、などと言ったら、火に油を注ぐようなものだろうか。

諦めも悪く回避策を模索する雪宥を、剛籟坊はなおも責めた。

「三日前、お前は記憶のない俺が一番好きだと言っていたが、どういうことだ」

「剛籟坊が言わせたんだろ！　そのときの記憶も持ってるくせに。腹が立つのかもしれないけど、自業自得だと思うよ」

こうなることを見越して、雪宥は選ぶまい、言うまいと頑張っていたのに、快楽で攻め落としてきたのは剛籟坊だ。

これは同情の余地がない。むしろ、雪宥に同情してほしいレベルである。

「今もそう思っているか？」

「今は今の剛籟坊が一番好きだってば。俺の名前も知ってるし、俺の歯型がついたアマツユリのガラス細工を見ても、なんだこれは、みたいなきょとんとした顔をしないし、六花の容姿と名づけで長年揉めてきて、結局俺を騙したことも思い出してくれた。俺の馬鹿なところや情けないところも全部知られてて恥ずかしいけど、安心する。俺の剛籟坊が戻ってきたって感じ。……おかえり」

そういえば、言ってなかったなと思って最後につけ足すと、剛籟坊が嚙みつくようにキスをしてきた。

舌を出して応じながら、たった一人の剛籟坊に、一番も二番もないということをどうすればわかってもらえるのか考える。

とどのつまり、剛籟坊の望むことをしてあげるのが最良の方法だろうと結論が出た。

差し当たっては、ついさっきやってくれと所望された行為がある。乳汁はまだ出そうにないが、再現するところを想像すると、乳首の先がうずうずと疼いた。

雪宥は唇を離し、単衣を肩から落とした。

「脚も腰も震えて、膝で立つことができないんだ。だから、……よく見える位置へ、剛籟坊が動いて」

なにが始まるのか悟った剛籟坊は、雪宥の胸元にかぶりついた。

凝視してくる目の前で、雪宥はそっと己が乳首を摘んでみせた。

あとがき

こんにちは、高尾理一です。「天狗の嫁取り」「天狗の花帰り」に続く第三弾、お手に取ってくださり、ありがとうございます。

長らくお待たせいたしましたが、とうとうややこが生まれました。ネタバレになりますが、いや、表紙のイラストで一目瞭然ですが、つまり「剛籟坊の嘘つき！」ということです。

雪宥が気づくまで自白しないし、嘘が発覚しても許してもらえると信じてるし、まったく反省してないし（笑）、なかなかずるい剛籟坊です。

剛籟坊の雪宥愛が深すぎて、次郎坊どころか、サッカーチームが作れるほど生んでも、全員雪宥に似ている気がする。それぞれ二十歳くらいで外見の成長が止まり、全員集合するとかかさまも入れて「十二人いる！」状態で、どれが太郎坊でどれが十一郎坊なのか区別がつかなくて、他山の天狗たちが混乱しそう。

凛海坊に憧れて妙な方向に頑張ってる六花も、いずれは現実と向き合わねばならない日がくるはず。

鍛えても鍛えても丸太のように太くならない腕、鍛えても鍛えてもばきばきにならない薄い腹筋、鍛えても鍛えても生えてこない胸（以下略）。

腹筋は綺麗に割れてるんですが、凛海坊みたいな立派な体格の円熟した男が持つ厚みのあるゴージャスなシックスパックにはならないんですよね。

「凛海坊さまには敵わなくても、せめてととさまには勝ちたい！」と男子らしく父に腹筋勝負を挑んでも、体格差はいかんともしがたく剛籟坊の圧勝、かかさまもととさまの逞しく引き締まった腹を見てうっとりしているし、六花はそこで第一の挫折を味わうのかもしれない。

六花が落ちこむと、「俺に似たせいで薄っぺらい腹にしかならないんだ……」と雪宥も落ちこんで、さらには「剛籟坊が約束を破ったからこんなことに！」と怒りの矛先が剛籟坊に向くけど、向けられた剛籟坊はケロッとした顔で「お前の薄っぺらい腹はとても可愛い。いい匂いがする。今すぐ舐めたい。腹だけではなく乳首も」とか言って、仲睦まじきことを始めてしまうので、家庭内不和にはならないかもしれない。

喧嘩をしても話が噛み合わないのが、円満のコツかもしれない。

今回も素晴らしいイラストを描いてくださった南月先生、ありがとうございました！　六花が！　六花が！　六花が！　成長していく六花があまりにも可愛くて、萌え転がりました。お忙しいところ、ご迷惑をおかけして申し訳ありませんでした。剛籟坊は変わらず男前だし、雪宥はますます綺麗だし、三人家族になったし、嫁取り、花帰りと三冊並べると感無量です。

六花はカラーで見ると本当に雪宥にそっくりで、雪宥が並々ならぬ心構えで現実から目を背けていたことが、私にもよくわかりました（笑）。

そして、プロットまで見てくださったO様、引き続いて担当して、いろいろアドバスしてくださったS様に、言葉にはできないほどのお詫びと感謝の言葉を捧げます。

最後になりましたが、読者のみなさま、ここまで読んでくださってありがとうございました。BLなのに、ややこ誕生から授乳まで書けたのは、天狗を応援してくださったみなさまのおかげです。

またどこかでお目にかかれますように！

二〇一四年七月　　高尾理一

高尾理一先生、南月ゆう先生へのお便り、
本作品に関するご意見、ご感想などは
〒101-8405
東京都千代田区三崎町2-18-11
二見書房　シャレード文庫
「天狗の恋初め」係まで。

本作品は書き下ろしです

CHARADE BUNKO

天《てん》狗《ぐ》の恋《こい》初《はじ》め

【著者】高尾《たかお》理一《りいち》

【発行所】株式会社二見書房
東京都千代田区三崎町2-18-11
電話　03(3515)2311[営業]
　　　03(3515)2314[編集]
振替　00170-4-2639
【印刷】株式会社堀内印刷所
【製本】ナショナル製本協同組合

落丁・乱丁本はお取り替えいたします。
定価は、カバーに表示してあります。

ISBN978-4-576-14093-3

http://charade.futami.co.jp/